www.bbulmedia.com

www.bbulmedia.com

집행자

집행자

묘재 현대 판타지 소설

①

뿔미디어

목차

	서장(序章)	7
1장	귀국(歸國)	17
2장	각성의 시간	47
3장	위험한 거래	77
4장	암시장	109
5장	나비효과	135
6장	추적	167
7장	다각화(多角化)	195
8장	강원도 선비촌	219
9장	미끼낚시	245
10장	백그라운드(Background)	271
11장	코드 레드(Code Red)	297

서장(序章)

평소와 다른 긴장감이 하얼빈 역을 짓누르고 있었다.

아마도 곧 도착할 열차를 기다리는 높은 관료들과 러시아 군대 때문인 것 같았다.

길게 늘어선 러시아 군인들은 석상처럼 굳은 얼굴로 주변의 분위기를 딱딱하게 만들었다.

한데 그들의 뒷줄에 평범한 듯 수상해 보이는 사람이 서 있었다.

러시아식 복장을 갖춘 동양인이 구경꾼 무리에 섞여 있는 것이다.

강인해 보이는 눈빛이 인상적인 동양 남자, 그의 이름은 바로 안중근이었다.

끼이이이익—

그때, 굉음이 울리며 열차가 하얼빈 역으로 들어왔다.

러시아 군인들은 열차에 신경을 쓰느라 안중근을 의식하지 못했다.

터억.

이윽고 문이 열리며 염소수염을 기른 일본인이 나타났다.

자신을 기다리던 관료들과 악수를 나눈 일본인은 뿌듯한 얼굴로 군인들을 쳐다보았다.

"하이— 핫!"

힘찬 기합 소리에 맞춰 러시아 군인들이 사열을 시작했다.

일본의 추밀원 의장, 이토 히로부미를 맞이하는 군인들의 동작에는 절도가 넘쳐 났다.

그 순간, 숨죽이고 있던 안중근이 군중 속에서 번개처럼 뛰어나왔다.

탕! 탕! 탕!

여러 번의 총성이 하얼빈 역을 강타했다.

주위는 순식간에 아수라장이 됐고, 몇몇은 피를 뿌리며 쓰러졌다.

그러나 안중근은 오직 이토 히로부미만을 노려보고 있었다.

'반드시 죽인다!'

철컥—

탕! 탕! 탕!

필사의 각오가 담긴 총알이 이토 히로부미를 향해 날아 갔다.

하나 이미 일본 순사가 그의 앞을 막아선 뒤였다.

'틀렸는가?'

시간이 멈춘 것 같은 순간, 안중근은 눈을 부릅뜨고 일 본 순사를 쳐다봤다. 그가 쓰러지면 마지막 남은 총알을 이토 히로부미에게 쏠 생각이었다.

그런데 믿기 힘든 일이 일어났다.

츠팟!

일본 순사의 몸뚱이 앞에서 총알 세 발이 사라진 것이 다.

찰나에 불과한 시간이었지만 직접 총을 쏜 안중근은 똑 똑히 볼 수 있었다.

푸푸푹!

"크허어억……!"

사라졌던 총알은 이토 히로부미의 가슴을 꿰뚫고 튀어 나왔다.

일본 순사는 넋이 나간 얼굴이었고, 쓰러진 이토 히로 부미를 본 안중근은 품에서 태극기를 꺼냈다.

"꼬레아 우레! 꼬레아 우레!"

러시아어로 대한 독립 만세를 외치는 안중근의 표정은 늠름하기 그지없었다.

"저놈이다!"

"잡아라―!"

뒤늦게 정신을 차린 군인과 순사들이 그를 체포했다.

그러나 안중근은 의연한 얼굴로 하얼빈 역 어딘가를 바라볼 뿐이었다.

'고맙소…….'

끌려가는 안중근의 시선은 정체불명의 남자에게 고정돼 있었다.

"후우―"

모자를 깊게 눌러쓴 남자는 깊은 한숨을 쉬었다.

그는 왼쪽 뺨의 흉터를 제외하면 아주 준수하게 생긴 청년이었다.

생김새로 보건대, 안중근과 같은 대한제국의 사람이 분명했다.

처억.

청년은 누군가 어깨에 손을 올리자 고개를 돌렸다.

그 손의 주인은 백발이 성성한 노인이었다.

"해서는 안 될 일을 하셨소이다."

"알고 있다. 책임은 내가 진다."

"원로회에서 가만있지 않을 게요."

"내 힘으로 백두산 폭발을 막겠다. 그 정도면 원로회도 만족할 테지."

"배, 백두산을! 스스로 제물이 되겠다니…… 정말이오?"

청년은 고개를 끄덕인 뒤 걸음을 옮겼다.

그가 움직이자 노인도 자취를 감추었다.

어떻게 사라졌던 총알이 이토 히로부미를 죽였는지, 그리고 안중근이 청년에게 고마움을 전한 이유는 무엇인지.

풀리지 않는 의문들이 남았지만 진실은 너무 깊이 숨겨져 있었다.

—1909년 10월 26일, 만주 하얼빈 역.

＊　　＊　　＊

하얼빈에서 총성과 함께 대한 독립 만세의 외침이 울려퍼진 것도 벌써 102년 전의 일이다.

그동안 대한민국은 눈부신 발전을 거듭했다.

일본의 식민 통치에서 벗어난 것은 물론이고, 전쟁과 분단의 아픔을 겪으면서도 당당히 선진국 대열에 들어섰다.

하지만 빠른 성장의 그늘에는 어두운 이면도 존재하는 법이다.

권력자들의 부정부패, 그리고 청산되지 않은 과거까지. 그로 인해 수많은 사람들이 눈물을 흘렸다.

지금 여기, 서울 시내의 후미진 뒷골목에서도 또 하나의 억울한 일이 벌어지고 있는 중이었다.

와당탕탕—!

낡은 점퍼를 입은 청년이 쓰레기 더미 위로 쓰러졌다.

그는 슬픔이 짙게 배인 눈빛으로 자신을 넘어트린 사람을 쳐다봤다.

"이런 짓을 하고도 무사할 것 같아?"

청년의 물음이 공허하게 울렸다.

그의 앞에 서 있는 검은 정장의 사내는 비웃음을 지으며 입을 열었다.

"네놈 하나가 죽는다고 세상이 알아줄 것 같나? 누구도 너 따위에게 관심을 두지 않을 것이다."

"이, 이익……!"

쓰러진 청년은 주먹을 꽉 쥐었지만 달리 대꾸할 말이 없었다. 정장사내의 말이 사실이었기 때문이다.

"이제야 자신의 처지를 자각했나 보군. 독립군의 후손이랍시고 뻣뻣하게 살아 봤자 누가 알아주나?"

"닥쳐! 더러운 친일파의 후손 주제에!"

"순진한 놈, 아직도 그딴 소리를 하다니."

정장사내는 고개를 절레절레 흔들더니 조금씩 청년에게로 다가갔다.

이미 심각한 부상을 입은 청년은 반항할 힘이 없었다. 그저 눈을 부릅뜨고 사내를 노려보는 게 다였다.

콰악!

사내의 구둣발이 청년의 가슴팍을 짓밟았다.

고통도 고통이지만, 더할 나위 없이 굴욕적인 행위였다.

"그냥 죽여……."

"똑바로 알아 둬라. 세상은 오직 두 부류로 나뉜다. 가진 자와 못 가진 자, 힘이 있는 자와 없는 자."

청년을 밟은 채 오만한 말을 내뱉은 사내가 허리를 숙였다. 이윽고 그는 청년의 손에 있던 반지를 빼앗았다.

아무래도 그 반지가 목적인 것 같았다.

"너 따위는 이 물건을 가질 자격이 없다."

"크으윽!"

반지를 뺏긴 청년의 얼굴은 분노와 슬픔으로 물들었다. 하지만 사내는 거리낌 없이 발을 들어 그의 목을 부러트렸다.

뚜두둑—

정장사내는 사람을 죽이고도 얼굴색 하나 변하지 않은 채 걸음을 옮겼다.

원하는 것을 얻었으니 미련을 남길 이유가 없었다.

한데 그때, 죽은 줄 알았던 청년이 마지막 힘을 짜내서 몇 마디 말을 남겼다.

"너…… 실수한 거야……. 그, 그 사람이 돌아와서…… 너희 모두를 심판할 테니…… 쿨럭!"

뜻 모를 유언을 남긴 청년은 그렇게 눈을 감았다.

그의 섬뜩한 저주에도 불구하고 돌아선 정장사내는 코웃음을 칠 뿐이었다.

그러나 아무도 예상하지 못했을 것이다.

청년이 죽어 가며 남긴 저주가 현실이 되리란 것을.

1장
귀국(歸國)

2011년. 인도 바라나시(Varanasi).

사방에서 울리는 시끄러운 소리들이 거리를 가득 채우고, 미로처럼 이어진 골목에는 주인 없는 개와 소들이 낮잠을 즐기고 있었다.

그 모든 것을 뒤로하고 길을 지나면 이상하다 못해 신비로운 광경이 여행자를 맞이한다.

역사를 담고 흐르는 거대한 강줄기, 갠지스가 모습을 드러내는 것이다.

한쪽에서는 시체를 태워 강에 보내고, 반대쪽에선 그 강물로 몸과 마음을 씻는다.

눈앞에 펼쳐진 아이러니한 모습에 김상현은 말을 잇지

못했다.

따악!

넋을 놓고 있던 김상현의 뒤통수에서 불꽃이 튀었다. 혹시 말로만 듣던 인도의 퍽치기를 당하는 것일까?

반사적으로 돌아선 김상현은 상대를 확인하지도 않고 주먹을 뻗었다.

하나 그의 단단한 주먹은 어이없게 빗나갔다. 설명할 수 없는 힘에 의해 팔이 제멋대로 움직인 것이다.

하지만 김상현은 놀라는 대신 반가운 표정으로 소리를 질렀다.

"마스터!"

"늦었군."

"기차가 연착되는 바람에……."

마스터라 불린 사내의 말에 김상현이 머리를 긁적였다.

만약 누가 그들의 모습을 봤다면 이상하다고 생각했을 것이다.

김상현은 이래 봬도 전직 CIA 요원답게 터프한 얼굴의 중년인이었다. 한데 그보다 훨씬 어려 보이는 남자에게 존댓말을 쓰는 것이다.

반면 왼 뺨의 흉터가 인상적인 젊은 동양인은 김상현에게 거리낌 없이 하대를 했다.

"물건은 가져왔겠지?"

"물론입니다."

"따라와라."

마스터는 별다른 설명 없이 몸을 돌렸다. 인도까지 찾아온 사람에게 고생했다는 말조차 하지 않는 것이다.

그럼에도 김상현은 뭐가 그리 좋은지 웃는 낯으로 마스터의 뒤를 따랐다.

한참 동안 움직인 그들은 블랙 라시(Black Rassi)라는 간판 앞에서 걸음을 멈췄다.

"여기가 말로만 듣던 블랙 라시군요."

"벌써 십 년이 됐지."

"곧 정리하셔야 될 텐데, 서운하지 않으십니까?"

"늘 해 오던 일이다."

"마스터도 참 피곤하겠습니다. 의심을 피하기 위해 십 년마다 옮겨 다녀야 하고."

"쓸데없는 소리."

굳은 얼굴로 김상현의 말을 자른 마스터가 문을 열었다.

지난 십 년간 그의 은신처 중 하나였던 블랙 라시 안으로 들어가는 것이다.

"여기까지 왔으니 라시나 한 잔 주시죠."

"삼십 루피다."

"돈을 받으시려고요?"

"당연한 것 아닌가?"

"졌습니다, 졌어요."

마스터는 김상현에게 삼십 루피를 받은 뒤에야 익숙한 손짓으로 라시를 만들었다.

라시는 인도식 요구르트인데, 거기에 블랙베리 시럽을 넣는 게 마스터의 방식이었다.

"오, 이거 기가 막힌데요? 한국에서 팔면 대박 칠 것 같습니다."

"못 본 사이 말이 많아졌군."

"CIA에서 나오니 느는 게 수다밖에 없더군요."

"그때보다 지금 일이 더 위험하지 않나?"

"그것도 그렇지만, 혼자 일하니 외로워서 말이 많아지는 거 같습니다."

"그런가."

무심한 얼굴로 고개를 끄덕인 마스터가 김상현을 빤히 바라보았다.

그를 처음 만난 게 벌써 12년 전이다. 그때만 해도 김상현은 패기 넘치는 신참 요원이었다.

실제로 CIA 내부에서도 '에이전트 킴'이라 하면 모르는 사람이 없었다.

한데 능력이 너무 뛰어났던 탓일까, 아니면 한국계인 탓일까? 잘 나가던 김상현에게 마스터를 감시하는 임무가 주어진 것이다.

불멸의 마스터[The Eternal Master], 정단오.

정단오의 코드네임은 실로 화려했다. 하지만 그를 감시

하는 임무는 사실상 필요 가치가 없는 일이었다.

한마디로 김상현은 CIA에서 좌천을 당한 셈이었다.

그러나 사람 일은 모르는 것이라고 했던가.

그 임무가 김상현의 인생을 완전히 바꿔 놓았고, 결국 2009년에 그는 사표를 냈다.

그로부터 2년. 사설탐정이 된 김상현은 어느새 정단오의 든든한 조력자로 변해 있었다.

마스터 정단오는 자신으로 인해 새로운 삶을 살게 된 김상현을 바라보다 한숨을 쉬었다.

"후우―"

"아니, 왜 저를 보시다가 한숨입니까?"

"김상현. 능력자가 아닌 사람 중에서 너만큼 쓸 만한 사람은 드물다."

"새삼스럽게 왜 이래요?"

"십 년이 넘는 세월 동안 내가 원하는 정보들을 건네줘서 고마웠다. 생각해 보니 그동안 감사를 표한 적이 없었군."

"불안하게 갑자기 왜 이러시는 겁니까?"

김상현은 심각해진 얼굴로 정단오를 쳐다봤다. 그러나 대답 대신 눈앞에 손바닥이 펼쳐졌다.

별수 없이 가져온 물건을 건넨 김상현은 의자에 걸터앉았다. 그러고는 말없이 정단오의 모습을 지켜봤다.

처억.

김상현이 인도까지 가져온 것은 정체불명의 CD였다. 혹시 모를 해킹의 우려 때문에 E—mail 대신 직접 CD를 전한 것이다.

정단오는 구식으로 보이는 컴퓨터에 CD를 집어넣고 파일을 열었다.

삑, 삐삑!

화면이 바뀔 때마다 낡은 모니터에서 전자음이 울렸다.

정단오와 김상현은 무표정한 얼굴로 화면을 주시했다.

놀랍게도 파일에 들어 있던 것은 죽은 사람의 사진들이었다.

남녀노소를 가리지 않고 다양한 사인을 지닌 시체들이 화면에 떠올랐다.

그들의 사진 밑에는 작은 글씨로 각자의 죽음과 관련된 내용이 기록돼 있었다.

"다 보셨으니 짧게 설명하겠습니다. 지난 삼 개월 동안 의문사, 사고사, 살인 사건 등으로 사망한 여섯 명입니다. 이들 사이에 공통점은 없습니다. 단 한 가지를 제외하면요."

"그 하나가 역시……."

"그렇습니다. 독립군의 후손이라는 사실이지요."

김상현의 말을 들은 정단오는 무심한 얼굴로 가만히 앉아 있었다.

하나 김상현은 느낄 수 있었다, 정단오가 걷잡을 수 없을 만큼 분노하고 있다는 사실을.

"마스터, 이번에도 제가 처리하겠습니다. 맡겨 주십시오."

"이번 일은 다르다."

"그럼 어떻게 하실 겁니까?"

김상현의 질문이 끝나기도 전에 정단오가 고개를 돌렸다.

착 가라앉은 그의 눈빛에는 형용할 수 없는 어둠이 담겨 있었다.

순간, 말문이 막혀 버린 김상현은 이어지는 정단오의 대답에 숨이 멎는 줄 알았다.

정단오의 입에서 능력자들의 세계를 발칵 뒤집을 만한 말이 튀어나왔기 때문이다.

"한국으로 가겠다."

꽤 오랜 시간 동안 정단오는 별다른 활동을 하지 않았다.

하나 지금, 그가 드디어 귀국을 선포한 것이다.

"하지만 마스터, 잘못하면 원로회가 나설지도 모릅니다. 어차피 능력자들은 현실의 일에 일정 이상으로 개입할 수 없잖습니까? 이번 사건은 마스터의 영역이 아닙니다. 다시 생각해 주십시오."

본능적으로 위험함을 감지한 김상현이 정단오를 말렸으나 소용없는 일이었다.

정단오는 위압감이 넘치는 목소리로 자신의 뜻을 밝혔다.

"동포들이 학살당할 때도, 조국이 식민지가 됐을 때도 참아야만 했다. 결국 우리의 개입 없이도 조국은 독립을 했고, 모든 것이 원래대로 돌아오는 것 같았다. 그러나 독립군에게 돌아온 것은 지독한 가난뿐이었다. 거기까진 참을 수 있다. 하지만 그들의 후손까지 죽도록 내버려 둘 순 없다."

또박또박 내뱉어진 정단오의 음성에는 무엇으로도 막을 수 없는 의지가 담겨 있었다.

잠시 숨을 고른 그는 과거를 떠올리며 말을 맺었다.

"두 번 다시는 예전과 같은 실수를 반복하지 않겠다. 나의 동료, 나의 민족을 구하지 못한다면 세계 평화도 무의미할 뿐이다. 후회는 이미 충분히 했다."

오랜 세월 동안 타지를 떠돌며 느껴 왔을 정단오의 아픔이 고스란히 김상현에게 전해졌다.

이제 김상현은 더 이상 정단오를 말릴 수 없었다.

그에게 또다시 인내와 후회를 강요하는 것은 너무 잔인한 일이었다.

정단오는 복잡한 표정을 짓고 있는 김상현의 어깨를 두드리며 대화를 마무리 지었다.

"한국으로 돌아갈 때가 됐다."

블랙 라시에서 귀국 선언을 한 정단오는 패닉에 빠진 김상현을 데리고 밖으로 나왔다.

그가 미로 같은 골목을 지나서 다다른 곳은 바로 화장터였다.

매일 수백 구의 시신이 타오르는 갠지스 강변의 화장터. 짙은 연기와 매캐한 냄새 때문에 김상현은 머리가 어지러워졌다.

"여긴 대체 왜 오자고 한 겁니까? 가뜩이나 마스터 때문에 심란해 죽겠구만."

"잘 봐 둬라."

의미심장한 말을 건넨 정단오는 김상현을 이끌고 화장터로 가까이 다가갔다.

그는 자연스럽게 화장터 주변의 인도인들과 섞였다. 결국 김상현만 고생이었다.

참다못한 김상현이 다시 불만을 터트리려는 찰나, 정단오의 눈빛이 변했다.

화르르르륵—

무릎 높이로 타오르던 화장터의 불꽃이 순식간에 사람 키만큼 솟아오른 것이다.

"우오오오!"

생전 처음 보는 광경에 사람들이 환호성을 지르며 기도를 시작했다. 힌두교의 시바 신이 이적을 행한 거라고 생각한 것이다.

그러나 김상현은 알 수 있었다. 방금 전의 불꽃은 정단오가 만들어 낸 것이 분명했다.

그는 어지러움도 잊은 채 정단오에게 질문을 던졌다.

"그새 또 새로운 걸 배우셨나 봅니다?"

"시바의 불꽃[Flame of the Siva]이다. 인간에게 쓰면 뼛가루까지 남김없이 태워 버린다는군."

"설마 사람에게 써 보신 건 아니지요?"

"아직."

김상현은 새삼 정단오의 무서움을 실감했다.

그의 가장 큰 무기는 학습(學習). 정단오는 마음만 먹으면 어떤 기술이든 가리지 않고 배워 왔다.

'원로회와 CIA는 마스터의 진면목을 모른다. 이 사람은…… 혼자서 원로회를 멸망시킬 수 있을지도.'

사실 지금의 원로회에는 정단오의 능력을 제대로 아는 사람이 아무도 없다. 그저 기록을 바탕으로 정단오를 재단할 뿐이었다.

아마 원로들과 세계 각국의 정보 집단 수장들은 정단오의 능력을 과소평가하고 있을 것이다.

그가 숨죽였던 시간은 과거의 전설이 잊혀질 만큼 긴 세월이니 말이다.

그때, 김상현의 상념을 깨고 정단오의 음성이 들려왔다.

"지금이라면 원로회의 이목을 속이고 한국에 갈 수 있

겠지?"

"마스터께서 손을 쓰면 어렵진 않을 겁니다. 하지만 언제까지 속일 수 있을진 모르겠습니다."

"만약 원로회가 내 일을 방해하면 이번만큼은 참지 않겠다."

"그런 상황을 막는 게 제 일 아니겠습니까. 좋게 좋게 넘어가도록 해 봐야지요."

"사건의 배후에 능력자가 없다면 룰을 어기지 않고 최소한의 개입만 할 것이다. 그러니 너무 걱정하지 않아도 된다."

"네. 설마 어느 미친 능력자가 이런 일에 개입했겠습니까. 우연의 일치이거나 일부 친일파의 소행일 겁니다."

김상현은 정단오를 진정시키기 위해 말을 돌리면서도 등 뒤로 식은땀을 흘렸다.

혹시라도 독립군의 후손들을 죽인 범인이 존재한다면 애도를 표하고 싶을 지경이었다. 정단오의 분노를 받느니 차라리 죽는 게 나을 것이다.

타닥, 타다닥.

그사이 또 한 구의 시체가 불꽃 속에서 타올랐다.

정단오는 그 시체를 내려다보며 나지막한 목소리로 읊조렸다.

"그 누구라도…… 용서하지 않겠다."

　　　　　　*　　　*　　　*

늘씬한 키에 미소가 매력적인 여대생이 탈의실로 들어왔다.

12시가 다 되어서야 아르바이트를 끝내고 퇴근할 준비를 하는 것이다.

등록금을 벌고 생활비를 내기 위해선 몸이 부서져라 일을 하는 수밖에 없었다.

그녀, 이지아는 피곤한 얼굴로 옷을 갈아입고 탈의실 밖으로 나왔다.

"다음에 봐."

"등록금은 어때?"

"이자나 간신히 메꾸고 있지, 뭐."

비슷한 시간에 퇴근하는 동료 알바생들과 쓴웃음을 지으며 인사를 나눴다. 서로 비슷한 처지기에 그나마 위로가 되는 사이였다.

하지만 카페 밖으로 나오면 다른 세상이 펼쳐진다.

팔짱을 낀 채 밤거리를 지나가는 커플들의 모습이 보였다. 이십 대 청춘을 즐기며 살아가는 모습들.

이제는 부럽다는 마음조차 들지 않는다.

이지아는 고개를 숙이고 발걸음을 돌렸다.

조금 먼 거리지만 집으로 돌아갈 때는 항상 걸어서 간다.

다이어트도 되고, 건강도 지키고, 차비도 아끼고. 일석 삼조였다.

나름대로 힘을 내며 걸어가는 데 하필이면 맞은편에 어느 커플이 아는 척을 해 왔다.

자세히 보니 고등학교 동창이었다. 그리 친한 편은 아니었지만 얼굴이 기억났다.

"어머, 너 지아 아니니?"

"아…… 응. 오랜만이다."

이지아는 애써 밝게 대꾸했다.

그러나 동창과 이런저런 얘기를 하다 보니 자신이 더 초라하게 느껴졌다. 잘사는 집의 딸과 이지아 사이에는 보이지 않는 벽이 있는 것 같았다.

얼마 후 동창은 힘내라는 말을 하고 남자 친구의 팔짱을 낀 채 멀어졌다.

상대적 박탈감이 느껴졌지만 이지아는 힘차게 고개를 흔들었다.

"정신 차리자, 정신!"

씩씩하게 걸어가는 그녀의 어깨가 유독 무거워 보였다.

버거운 현실의 무게는 쉽게 떨칠 수 없는 것이다.

인적이 드문 부암동 밤거리.

한 시간이 넘도록 걸어온 이지아는 한숨과 함께 혼잣말

을 중얼거렸다.

"먹고살기 힘들다, 정말."

이십 대 초반의 여대생 입에서 나올 만한 말은 아니었다. 하나 그녀의 사정을 안다면 고개를 끄덕일 수밖에 없을 것이다.

독립군의 후손인 그녀는 어려서 부모를 잃고 혼자 힘으로 살아왔다.

나라에서 주어지는 쥐꼬리만 한 보조금으로 버텨 온 지난 세월은 그녀를 또래 여자들보다 강하게 만들었다.

"휴우, 말을 말아야지."

한참을 걷던 이지아는 불평불만이 부질없다고 느꼈는지 고개를 저었다.

사실 사춘기 시절에는 매일매일 대한민국이라는 국가를 원망했던 그녀이다.

친일파의 후손들이 떵떵거리며 사는 데 반해 독립유공자들은 대부분 빈민층이 됐으니 화가 나지 않을 리 없었다.

그러나 어린 소녀의 울분에 관심을 가지는 사람들은 존재하지 않았다. 그 사실을 깨달은 이지아는 남들보다 일찍 어른이 되었다.

"야식으로 라면이나 먹고 자야지."

어느새 집 근처에 다다른 이지아는 짐짓 밝은 목소리를 내며 스스로에게 힘을 불어넣었다.

이 시간의 부암동 거리는 워낙 으슥했기에 일부러 혼잣말을 하는 건지도 몰랐다. 아무 소리도 들리지 않는 길을 걷는 것보단 자기 목소리라도 듣는 게 덜 무섭기 때문이다.

한데 그때였다.

그녀의 뒤쪽에서 자동차 엔진 소리가 울리는 것 같았다.

깜짝 놀라서 뒤를 돌아본 이지아는 자신도 모르게 다리가 풀리는 걸 느꼈다.

라이트도 켜지 않은 덤프트럭이 그녀를 향해 질주해 오고 있었기 때문이다.

우우우웅—

어둠 속에서 갑자기 나타난 트럭은 거대한 짐승처럼 이지아를 덮쳤다.

'이렇게 죽는 거야?'

순간, 그녀는 말로만 듣던 현상을 경험했다. 이십 몇 년의 인생이 주마등처럼 머릿속을 스쳐 지나간 것이다.

기억도 나지 않는 탄생의 순간.

지독한 가난 때문에 독립군이었던 할아버지를 원망하던 부모님.

그런 부모님이 떠나고 세상에 혼자 남게 됐을 때의 슬픔.

겨우겨우 희망을 가지고 살아 보려는 최근의 일상까지.

그 모든 순간을 떠올린 이지아는 눈을 감고 다가올 죽음을 기다렸다.

콰앙!

적막한 부암동에 굉음이 울렸다.

'안 아픈데?'

살았다는 안도감이 들자 이지아의 다리가 풀려 버렸다. 그녀가 눈을 감은 채 길바닥에 주저앉기 직전이었다.

꽈악!

낯선 손길이 이지아의 팔을 잡았다. 그 덕에 넘어지지 않고 몸을 지탱한 그녀는 조심스레 눈을 떴다.

"……!"

눈앞에 펼쳐진 광경은 이지아의 상상을 초월하는 것이었다.

그녀의 팔을 붙잡아 준 남자는 덤프트럭을 막으려고 한 것 같았다. 트럭과 이지아 사이에 정확히 서 있었기 때문이다.

여기서 놀라운 것은 트럭의 상태였다.

육중한 덤프트럭이 형편없이 찌그러진 채 남자의 등과 맞닿아 있는 것이다.

사람이 등으로 트럭을 막다니. 그러고도 멀쩡히 서 있는 게 가능한 일인가?

또 평범한 남자의 등판에 부딪친 트럭이 찌그러진 것은 대체 어찌 된 영문일까?

이지아는 당장에라도 눈앞의 남자가 쓰러질 것 같아 걱정스러운 마음이 들었다.

그러나 남자는 차분한 얼굴로 이지아와 눈을 맞췄다.

"겁먹지 마라."

무뚝뚝한 말투로 그녀를 안심시킨 남자가 몸을 돌렸다. 그러고는 찌그러진 덤프트럭 쪽으로 걸어갔다.

운전석에 앉아 있던 사람은 넋이 나간 듯 벌벌 떨고 있었다.

"누가 보냈나?"

"다, 당신은 대체 누구⋯⋯."

"질문은 내가 한다. 누가 너를 보냈는가?"

젊은 남자의 차가운 음성에는 거부하기 힘든 위압감이 담겨 있었다.

하나 운전자는 식은땀을 흘리면서도 고개를 저었다. 그 모습으로 보아 단순히 사고로 이지아를 치려던 것은 아닌 게 분명했다.

처억!

결국 남자는 무표정한 얼굴로 운전자의 멱살을 잡았다. 그러고는 마치 먹이를 앞에 둔 맹수처럼 으르렁거렸다.

"아무것도 모르고 시키는 대로 했을 테지. 그래도 상관없다. 이번 일에 관련된 자는 누구도 용서하지 않을 것이다."

"켁, 케켁!"

숨이 막히는 듯 운전자의 안색이 점점 창백해졌다.

남자는 곧 그에게서 손을 뗐지만, 그럼에도 운전자는 제대로 호흡을 하지 못했다.

"끄으으……."

끝내 트럭 운전자가 고개를 떨구었다.

핸들에 머리를 박은 그의 얼굴에는 괴로움의 흔적이 고스란히 남아 있었다.

"누, 누구세요?"

눈앞에서 사람이 죽는 걸 지켜본 이지아는 정신이 나갈 지경이었다. 가까스로 남자에게 질문을 던져 놓고도 불안하기 짝이 없었다.

그러나 예상과 달리 남자는 순순히 입을 열어 대답을 했다.

"너를 지키러 온 사람이다."

"네?"

"이강호를 알고 있나?"

"제 할아버지를 아세요?"

독립군 이강호.

조국의 독립을 위해 인생을 걸었던 그의 이름이 이지아와 남자를 연결해 주었다.

하나 이지아는 맨몸으로 트럭을 부수고 사람을 죽인 남자가 어떻게 할아버지를 아는지 이해할 수 없었다.

더구나 남자는 그녀 자신과 비슷한 나이로 보였다. 별

로 유명하지 않은 독립군의 이름을 알 만한 연령대가 아니었다.

"지금 이게 무슨 상황인지 모르겠어요. 혹시 몰래카메라 같은 거예요?"

"정단오."

"뭐라구요?"

"내 이름이다."

정단오는 이지아가 겪을 혼란은 아랑곳 않고 자기 할 말만 했다. 하지만 그런 태도가 왠지 모르게 잘 어울렸다.

"정단오……."

이지아는 뭔가에 홀린 사람처럼 정단오의 이름을 되뇌었다.

그녀의 인생을 송두리째 바꿔 놓을 운명의 날이 시작된 것이다.

트럭이 충돌하며 굉음이 일었지만 워낙 으슥한 골목이라 나와서 살펴보는 사람은 아무도 없었다.

그러나 준법정신이 투철한 이지아는 경찰에 신고해야 되는 게 아니냐고 물었고, 당연히 정단오는 그녀의 말을 무시했다.

그 결과, 둘은 이지아의 원룸에 들어오게 되었다.

태어나서 처음으로 남자를 방 안에 들이게 된 이지아는

아직도 이게 꿈인지 현실인지 구분하기 어려웠다.

하나 정단오는 너무나 태연한 얼굴로 입을 열었다.

"어지럽군. 보통 여자의 방들은 깨끗하던데."

"뭐라구요?"

이지아는 혼란스러운 와중에도 기분 나쁜 소리에 즉각 반응했다.

하지만 정단오가 생명의 은인이란 사실을 자각하며 성질을 죽였다.

"그런데 정말 괜찮은 거 맞아요? 트럭이랑 부딪쳤잖아요."

"걱정하기엔 시간이 꽤 지난 것 같군."

"아까는 정신이 없어서⋯⋯."

"괜찮다. 트럭 따위는 내 몸을 상하게 할 수 없다."

정단오는 당당한 태도로 비현실적인 말을 했다.

그러나 이지아는 그의 말을 농담으로 여길 수 없었다. 트럭이 부서진 것을 목격했기 때문이다.

"본론으로 들어가지."

어안이 벙벙해진 이지아를 향해 정단오가 예사롭지 않은 말을 던졌다.

"본론이요?"

"트럭이 너를 덮친 이유에 대해 말하려는 것이다."

다시 그 순간을 떠올린 이지아는 어깨를 부들부들 떨었다. 어쩌면 덤프트럭이 그녀의 트라우마가 될지도 몰랐다.

정단오도 이지아의 표정이 비 맞은 강아지처럼 변하는 것을 보았다.

잠시 고민하던 그가 이지아를 향해 손을 뻗었다.

스윽.

정단오의 오른손이 그녀의 머리를 가볍게 쓰다듬었다. 그는 어린아이를 달래는 것처럼 조심스레 손을 움직였다.

그러자 거짓말처럼 이지아의 마음이 안정되기 시작했다.

그녀 자신도 놀란 얼굴로 정단오를 바라보았다.

방금 전까지 요동치던 마음이 그의 손길에 반응하듯 편안해졌기 때문이다.

"이만하면 됐군."

정단오는 이지아의 어깨가 더 이상 떨리지 않는 것을 확인한 뒤에 손을 거뒀다. 그러고는 그녀의 눈을 똑바로 마주 보며 믿기 힘든 이야기를 꺼냈다.

"지난 삼 개월 동안 석연치 않은 이유로 여섯 명이 죽었다. 그들의 공통점은 하나다."

"그게 뭔데요?"

"독립군의 후손이라는 점이다."

"그럼 오늘 트럭도?"

"너를 죽이기 위해 준비된 것이다. 네가 그들의 일곱 번째 타깃이다."

"그들이라면…… 누군가 의도적으로 이런 일을 벌인다는 건가요?"

정단오는 당연하다는 듯 고개를 끄덕였다.

하나 이지아는 심한 충격을 받았는지 비틀거리며 의자에 앉았다.

"대체 왜…… 내가 뭘 잘못했다구요?"

"잘못은 없다. 다만 그들이 탐내는 것을 갖고 있지."

"난 가진 게 아무것도 없어요!"

정단오는 앉아 있는 이지아에게 성큼 다가가 손을 뻗었다. 마치 그녀의 하얀 목덜미를 쥐려는 것 같았다.

그 과정이 워낙 자연스러워 이지아가 미처 제지할 틈도 없었다.

"바로 이거다."

정단오의 손은 이지아의 목걸이를 움켜잡았다.

투박하게 세공된 은 목걸이.

이지아는 놀란 눈으로 자신의 목을 내려다보았다.

"이건 할아버지의 유품이에요."

"이강호가 남긴 목걸이에는 특별한 힘이 담겨 있다. 이런 물건을 아티팩트라고 한다."

"아티팩트?"

"현실을 뒤트는 초자연적인 권능. 그런 힘이 담겨 있는 물건이란 뜻이다."

"그럼 아까 트럭이 부서진 것도……."

"내가 능력자이기 때문에 가능한 일이지."

정단오는 자신의 정체를 이지아에게 순순히 털어놓았다.

원래라면 쉽게 받아들이지 못했을 말이지만, 이미 비현실적인 일을 눈으로 본 그녀이기에 비교적 적응이 빨랐다.

물론 여전히 혼란스러워하고 있지만 말이다.

"능력자라는 게…… 그러니까 그런 게 진짜로 있단 말이에요?"

"우리는 아주 오래전부터 현실의 이면에서 존재해 왔다."

"어떻게 대부분의 사람들이 그걸 모를 수가 있어요?"

"선택된 소수만이 진실을 알고 있다. 그 룰을 지키기 위해 원로회라는 단체가 오랜 세월 애를 써 왔고."

"원로회? 대체 무슨 말을 하는 건지 하나도 모르겠어요."

"예상은 했지만, 역시 귀찮게 됐군."

정단오는 주절주절 설명하는 것을 좋아하지 않는 편이었다. 그러나 지금은 다른 방법이 없었다.

눈앞의 이지아를 납득시키기 위해선 오래된 이야기를 꺼내야만 했다.

"한 번만 말할 테니 잘 들어 둬라."

정단오의 태도는 심상치 않았다.

이지아는 쿵쾅거리는 가슴을 진정시키려 애쓰며 그의 입술을 바라보았다.

"세상에는 두 부류의 사람이 있다. 능력자와 비능력자. 물론 비능력자 중에서도 극소수의 상류층은 능력자의 존재를 알고 있다. 때로는 긴밀한 협력 관계를 맺기도 한다. 그러나 공식적으로 능력자들은 현실에 일정 부분 이상 개입할 수 없다. 원로회라는 기구가 세계의 능력자들을 다스리며 룰을 만들고 관철시키기 때문이다. 만약 누군가 룰을 어기면 원로회의 심판을 받게 된다. 여기까지 이해할 수 있겠나?"

"대충은요."

"나는 백 년 전, 원로회의 룰을 어기고 현실에 개입했다. 그 대가로 한국을 떠나 있었지. 그런데 독립군의 후손들이 석연치 않은 이유로 죽는다는 소식을 들었다. 그것이 내가 한국에 돌아와서 네 앞에 나타난 이유이다."

이지아는 정단오가 설명하는 것들을 충분히 이해했다.

단 한 가지, 그가 지금으로부터 100년 전에 룰을 어겼다는 사실만 제외하고 말이다.

"룰을 어기고 현실에 개입한 게 백 년 전이라구요?"

"그쯤 됐지."

"혹시…… 아까 트럭에 부딪치고 머리를 다친 거 아니에요?"

나름대로 돌려서 말했지만, 미친 것 아니냐는 뜻이다.

그녀의 태도에 정단오는 그럴 줄 알았다는 듯 피식 웃음을 터트렸다.

"내 나이는 중요하지 않다. 중요한 것은, 내가 이번 사건을 해결하기 위해 한국에 왔다는 사실이다."

"우리나라에는 경찰이 있잖아요."

"경찰이 해결할 일이었으면 삼 개월 동안 여섯 명이 죽지도 않았겠지."

"그럼 독립군의 후손들이 죽은 것도 능력자인가 하는 사람들이 개입한 건가요?"

"아직은 확신할 수 없다."

"잠깐! 그쪽, 아니, 단오 씨라 불러도 되죠? 아무튼 단오 씨도 능력자잖아요. 그럼 현실에 개입할 수 없는 거 아니에요?"

"단순한 사건이라면 룰을 어기지 않는 선에서만 개입할 것이다. 하지만 만약 다른 능력자가 이번 일을 주도했다면 나도 참지 않을 생각이다."

정단오는 이제껏 이지아가 경험해 보지 못한 기운을 풍겼다.

그의 기세에 압도당한 그녀는 더 이상 질문을 던지지 못하고 고개를 끄덕일 수밖에 없었다.

묻고 싶은 것이라면 밤을 새도 모자라겠지만, 왠지 정단오를 보면 모든 게 납득되는 것 같았다.

존재 자체만으로 무엇이든 설득해 버리는 남자라고 하면 지나친 비약일까?

어쨌든 정단오가 맨몸으로 트럭을 부수는 걸 봤기 때문에 이지아는 그를 의심하기 힘들었다.

"알겠어요. 단오 씨가 무슨 말을 하는지, 일이 어떻게 돌아가는지 조금은 알 것 같아요."

"생각보다 이해가 빠르군. 이강호의 손녀답다."

"그렇게 할아버지 같은 말투로 이야기하지 말아요. 엄청 어색해요."

"그런가?"

그녀의 지적에 정단오가 머쓱한 듯 턱을 매만졌다.

아무리 봐도 이지아와 한두 살밖에 차이가 나지 않을 것 같은 외모다.

하지만 하는 말과 행동에는 설명하기 힘든 세월의 깊이가 담겨 있었다.

그런 괴리감이 정단오의 특별한 존재감을 만들어 내는 건지도 몰랐다.

"그리고……."

그때, 정단오가 다시 입을 열었다.

조금 진정이 된 이지아는 이전보다 편안해진 얼굴로 그를 바라보았다.

"오늘 일은 누구에게도 말하지 마라. 어차피 믿어 줄 사람도 없겠지만."

"그래도 경찰이 조사하지 않을까요? 트럭도 부서졌고, 사람도 죽은 것 같던데……."

트럭 운전수를 떠올리자 이지아의 표정이 다시 어두워졌다.

하나 정단오는 조금도 개의치 않고 당당하게 말했다.

"걱정할 필요 없다."

"내일이면 난리가 날 거예요."

"넌 내 말을 믿으면 된다. 난 분명히 걱정할 필요가 없다고 말했다."

"그렇지만…… 좋아요, 그럼 전 이제 어떻게 해요? 오늘 같은 일이 또 일어나면요?"

"너는 내가 지킨다."

"만날 붙어 있을 순 없잖아요. 알바도 해야 되고, 다음 학기엔 복학도 해야 되는데."

"뭔가 착각을 하고 있군. 평범한 삶을 살게 할 거였으면 너에게 나를 드러내지 않았을 것이다."

"네?"

"너는 능력자다."

"네에?"

"이강호의 손녀, 이지아. 너의 능력을 각성해라!"

2장
각성의 시간

"너의 능력을 각성해라!"

명령처럼 울려 퍼진 정단오의 외침은 이지아의 원룸을 가득 채우고도 남았다.

"지금 무슨 말을 하는 거예요?"

"스스로 깨닫지 못한다면 어쩔 수 없다. 강제 각성을 일으키는 수밖에."

"강제 각성?"

정단오는 대답하지 않고 이지아 쪽으로 다가갔다. 그러고는 이전처럼 그녀의 목걸이를 잡은 채 주문과도 같은 말을 뱉어내기 시작했다.

"잠든 의지와 숨은 능력이여, 불멸의 시간을 살아가는 자가 명하노니…… 깨어나라!"

화아아악―!

그 순간, 은빛 목걸이에서 광채가 솟아나며 바람이 뿜어졌다.

이지아는 자신의 머리칼이 목걸이에서 불어 나온 뜨거운 바람에 흩날리는 것을 느꼈다. 동시에 가슴속 깊은 곳에서 잠들어 있던 뭔가가 깨어나는 것도.

우우웅!

정단오가 손을 뗐음에도 목걸이는 여전히 허공에 떠 있었다. 더구나 은빛 펜던트의 진동은 잦아들 기미가 보이지 않았다.

이지아는 반쯤 풀린 눈으로 펜던트를 쳐다보았다.

그녀와 목걸이 사이에 보이지 않는 끈이 연결되어 있었다. 그 끈을 타고 과학으로 설명할 수 없는 기운이 전해졌다.

그렇게 얼마나 시간이 지났을까.

"하아!"

이지아가 짧은 신음을 흘렸고, 신비롭게 빛나던 목걸이도 원래의 모습으로 돌아왔다.

"고생했다."

"방금 무슨 일이 일어난 거죠?"

"느끼지 않았나? 네가 능력자로서 각성을 한 거다."

"능력……."

능력[The Power].

간단하기 짝이 없는 단어지만, 그 안에 담긴 뜻은 무수히 많았다.

비로소 스스로가 누구인지, 자신에게 내재된 힘이 무엇인지 깨달은 이지아는 부쩍 지친 얼굴이었다. 하룻밤 사이에 너무 많은 것을 경험했기 때문이다.

정단오는 반쯤 탈진한 이지아를 보며 말을 이어 나갔다.

"이강호의 목걸이는 '주시자의 눈'이라 불렸다. 마침 너에게는 그것을 사용할 수 있는 능력이 잠재돼 있었고."

"혹시 할아버지도 능력자였나요?"

"아니, 이강호는 비능력자였다."

"그런데 어떻게 이런 아티팩트를 가지고 계셨던 거죠?"

"선물이었다."

"선물?"

"한국의 능력자들은 일제강점기에도 현실에 개입할 수 없었다. 그렇기 때문에 조국을 위해 작은 도움이라도 주고자 아티팩트를 선물한 것이다. 그것이 독립군에게 힘이 되길 바라며."

"룰을 어기지 않는 선에서 최소한의 힘을 보탠 거군요."

이지아는 문득 마음이 먹먹해지는 걸 느끼며 목걸이를 부드럽게 감싸 쥐었다.

그녀의 진심을 아는지 정단오는 씁쓸한 미소를 지으며 말을 계속했다.

"독립군들이 가진 아티팩트에는 당시 능력자들의 한이 서려 있다. 조국의 눈물을 보면서도 아무것도 할 수 없던 슬픔이⋯⋯."

만약 한국의 능력자들이 전쟁에 개입했다면 일본의 능력자들도 가만있지 않았을 것이다.

그리되면 평범한 사람들도 능력자의 존재를 알게 됐을 것이고, 세계는 엄청난 혼란 속에서 전쟁에 휩싸였을 가능성이 높았다.

각국의 능력자들이 전쟁에 참여한다면 이전의 세계대전과는 비교도 할 수 없는 재앙이 되리라.

바로 그러한 이유 때문에 정단오를 비롯한 한국의 능력자들은 원로회의 룰을 지켜야만 했다.

또한 그 외에도 정단오가 말하지 않은 아주 결정적인 이유가 하나 더 있었다.

당시 일본인들은 한반도의 온 산천에 말뚝을 박았고, 그로 인해 지맥이 크게 뒤틀려 백두산이 폭발할 지경에 이르렀다.

그렇기에 한국의 능력자들은 백두산 폭발이라는 대재앙을 막는 데 전력을 쏟을 수밖에 없었다. 화산이 터지면 한반도 전체가 사라질 수도 있었기 때문이다.

정단오는 이토 히로부미를 죽이는 대신 백두산 폭발을

막는 데 앞장섰다.

스스로를 제물로 바쳐 자연의 분노를 잠재운 것이다.

그 대가로 능력의 대부분을 상실하고 한국을 떠나 요양을 할 수밖에 없었다.

사실 정단오가 안중근을 도와 이토 히로부미를 죽인 것도 세계사적 관점에서 보면 어마어마한 사건이었다.

만약 그때 이토 히로부미가 죽지 않았다면 지금의 역사는 어떻게 됐을지 아무도 장담할 수 없었다.

"후우―"

과거의 일을 회상한 정단오는 습관처럼 한숨을 쉬었다. 그러나 곧 원래의 다부진 얼굴로 돌아와 입을 열었다.

"그런 사연이 담긴 아티팩트를 누군가 노리고 있다. 그것도 독립군의 후손들을 교묘하게 죽여 가면서."

"단오 씨가 화내는 것도 이해가 되네요. 생각해 보니 정말 열 받는 일이잖아요!"

능력을 각성했기 때문인지 이지아는 평소의 당찬 모습을 되찾은 것 같았다.

"아직 뭐가 뭔지 머리가 좀 아프지만, 어쨌든 오늘 각성한 능력으로 단오 씨를 도와주길 원하는 거죠? 그래서 누가 이런 짓을 벌이는지 같이 알아내자는 거, 맞죠?"

"똑똑하군."

"그럼요. 내가 가난해도 혼자 공부해서 S대에 들어간 사람이에요."

"S대라면 서울대인가?"

"아니요, 서강대요. 그치만 엄청 좋은 대학이라구요!"

"그렇군."

"진짠데……."

이런 상황에서 나누기엔 어울리지 않는 대화였지만, 덕분에 분위기가 한결 편해졌다.

정단오는 다소 누그러진 공기 속에서 이지아의 능력에 대한 이야기를 꺼냈다.

"이번 사건의 배후를 밝혀내기 위해서는 주시자의 눈을 쓸 줄 아는 능력자가 필요하다. 네가 도와줬으면 좋겠다."

"저도 도와드리고 싶어요. 안 그러면 언제 또 죽을 위기에 처할지 모르잖아요. 그런데 시간이 얼마나 걸릴까요? 당장 알바를 그만두면 월세도 내기 힘들어서……."

"돈이 문제로군. 하긴, 한국은 많이 변했지. 돈이 모든 일을 좌우하는 나라가 됐으니까."

"그렇게 말하니 정말 백 년도 넘게 산 사람 같아요."

정단오는 농담 섞인 그녀의 말에 대답하지 않고 잠시 동안 고민에 빠졌다.

어차피 한국에서 활동을 하려면 돈이 필요하다.

정단오도 그런 사실 정도는 알고 있었다.

100년의 세월 동안 자본주의가 세계를 지배하는 과정을 두 눈으로 똑똑히 봤기 때문이다.

"김상현도 돈에 대해 이야기했지. 그렇다면 방법은 하나다."

"좋은 생각이라도 있어요?"

"돈도 벌고, 사건의 배후도 밝히면 된다."

"뭐예요, 그게. 말로는 엄청 간단하네요."

"어려울 것 없다. 말한 대로 이뤄지게 만들 테니."

터무니없는 확언도 정단오의 입에서 나오니 그럴듯하게 들렸다.

내친김에 그는 이지아가 내일부터 할 일을 정해 주기까지 했다.

"알바 같은 건 그만둬라. 그리고 나와 함께 움직이며 능력을 키워라."

"그 와중에 돈도 벌고, 범인도 밝히고, 다른 독립군의 후손들도 지키구요?"

"잘 아는군."

"계획은 있는 거죠? 설마 무작정 지르고 보는 성격은 아니겠죠?"

나름대로 절박한 물음이었으나 정단오는 묵묵부답이었다. 그저 아주 옅은 미소를 짓는 게 다였다.

그의 대책 없음에 이지아는 비명이라도 지르고 싶었지

만, 이미 늦었다.

어느새 정단오의 페이스에 휘말려 현실의 경계를 넘어버린 것이다.

"호두과자, 도시락, 음료수 있어요. 호두과자, 도시락, 음료수······."

홍익회 아저씨의 건조한 목소리가 조용한 KTX 객실을 채웠다.

그러나 손을 들어 먹을거리를 구입하는 사람은 거의 없었다. 부산으로 향하는 야간열차에 탄 사람들은 대부분 눈을 붙이고 있었기 때문이다.

정단오도 지그시 눈을 감은 채 고개를 숙이고 있었다.

반면에 옆자리의 이지아는 스마트폰을 만지며 뉴스를 찾고 있었다.

정단오의 손에 이끌려 무작정 부산행 기차를 타긴 했지만 어젯밤 덤프트럭 사건이 어떻게 해결됐을지 궁금한 것이다.

"찾았다!"

드디어 인터넷에서 뉴스를 발견한 듯 그녀가 작은 소리로 탄성을 흘렸다.

"어젯밤 부암동에서 덤프트럭이 전봇대를 들이받는 사고로 운전자가 사망하고 트럭은 반파되었다. 경찰은 운전자의 졸음운전이 사고의 원인일 것으로 판단하고······

이게 뭐야?"

"내 말대로 됐군."

그녀의 소리를 들었는지 잠들어 있던 정단오가 실눈을 뜨고 말했다.

정말 그가 장담한 대로 아무 소란 없이 사고가 묻힌 것이다.

이지아는 언론과 사회에 대해 새삼스런 불신을 느끼며 고개를 흔들었다.

"어떻게 그게 교통사고로 바뀔 수 있죠?"

"경찰과 언론이 손을 잡으면 뭐든 조작할 수 있다."

"아니, 그러니까 경찰과 언론이 왜 손을 잡느냐구요."

"경찰과 언론의 주인이 사건을 은폐하길 원했을 테니까."

"경찰의 주인은 국민이고, 언론은…… 음, 아무튼 언론도 공신력을 지닌 기관이잖아요. 물론 회장이야 있지만, 그런 사람 말고 주인이 따로 있단 뜻이에요?"

"돈과 권력. 이것들이 경찰과 언론, 나아가 한국 사회의 주인 노릇을 하고 있지."

정단오의 말은 무척 시니컬하게 들렸다. 잠에서 덜 깬 듯 가라앉은 목소리도 말투와 잘 어울렸다.

잠시 그의 말을 곱씹은 이지아는 무거운 분위기를 바꾸려는 듯 화제를 돌렸다.

"그런데 안 자고 있었어요?"

"잠들었었다."

"자는 척하면서 내가 혼잣말 하는 걸 들었잖아요."

"예민해서 깼을 뿐이다. 혼잣말을 좀 크게 해야지."

"칫, 단오 씨는 정말 한 마디도 안 지네요."

그녀가 삐친 얼굴로 고개를 돌리자 정단오의 표정이 기묘하게 변했다.

100년을 넘게 살아온 정단오지만 여전히 여자는 다루기 힘든 종족이었다.

하나 정단오는 일부러 무심한 표정을 지으며 이지아에게 핀잔을 줬다.

"시간이 남으면 주시자의 눈을 다루는 연습이나 하는 게 어떤가."

"혼자서는 백날 연습해도 무리예요. 단오 씨가 도와주면 좀 나을 것 같은데."

정단오는 졸지에 그녀의 연습을 도와주게 생겼다. 하지만 자신이 먼저 꺼낸 말이기에 거부할 도리가 없었다.

"좋다. 대신 적당히 하는 건 봐주지 않는다."

"물론이에요."

활기차게 대답한 이지아가 은 목걸이를 손으로 감쌌다.

하루 동안 이강호의 유품인 목걸이, 주시자의 눈을 사용하는 법을 배웠지만, 아직은 모든 게 어렵기만 했다.

그러나 정단오가 도와준다면 훨씬 빨리 능력을 익힐 수 있을 것 같았다.

"그럼 숫자부터 해 볼게요."

"얼마든지."

이지아는 정단오와 뜻 모를 말을 주고받은 뒤 목걸이를 쥔 채로 미간을 찌푸렸다.

그러자 은색 펜던트가 약하게 진동하는 것 같았다. 마치 각성의 순간처럼 목걸이가 저절로 떨리는 것이다.

우웅—

귀를 기울이지 않으면 듣기 힘들 만큼 작은 소리가 울렸고, 이지아의 이마 위로 땀방울 하나가 흘러내렸다.

곧이어 그녀의 분홍빛 입술이 움직이며 숫자를 말했다.

"십칠."

단번에 십칠이란 숫자를 말한 그녀는 기대와 초조함이 섞인 눈빛으로 정단오를 바라봤다.

"흐음."

정단오는 턱을 쓰다듬으며 고개를 갸웃거렸다.

뜸 들이는 그의 모습에 안달이 난 이지아가 대답을 재촉했다.

"맞았어요, 틀렸어요?"

"십칠이라고 했지?"

"네. 분명히 들었잖아요."

"정답이다."

"진짜요? 지금 거짓말하는 거 아니죠?"

"틀림없이 십칠을 생각했다."

"와아ㅡ! 이게 진짜 되네요? 아까보다 훨씬 잘되는 것 같아요."

이지아의 웃음소리가 조명이 꺼진 KTX 객실을 환하게 밝혔다. 그녀는 자신의 능력을 개발하며 진심으로 즐거워하고 있었다.

사실 이강호의 유품인 주시자의 눈은 사람의 마음을 읽는 도구였다. 그 목걸이를 자유롭게 다루는 것이 바로 이지아의 능력이었다.

물론 아직까지 내면 깊은 곳의 생각을 읽어 낼 순 없었다. 또 자기 방어가 견고한 사람에게는 능력을 펼치기도 힘든 수준이었다.

그러나 방금 전처럼 간단한 숫자 같은 것은 충분히 맞출 수 있었다.

그녀가 계속 성장한다면 온갖 거짓 속에 숨겨진 진실을 파헤치는 무서운 능력을 갖게 될 것이다.

특히 독립군 후손들을 살해하고, 아티팩트를 강탈해 간 사람이 누구인지 알아내야 하는 정단오에게 이지아의 능력은 꼭 필요한 것이었다.

"이번엔 숫자 대신 그림으로 해 보자."

"그림은 많이 어려울 것 같은데요."

"도전하지 않으면 아무것도 이룰 수 없다."

"알았어요. 또 할아버지 같은 소리 그만하고, 얼른 아무 그림이나 떠올려 봐요."

"했다."

연습에 탄력이 붙었는지 둘의 호흡이 척척 맞아 들어갔다.

이지아는 다시 한 번 목걸이를 쥐고 신경을 집중했다.

슈우우우—

보이지 않는 에너지의 흐름이 은색 펜던트를 중심으로 정단오와 그녀를 연결했다.

순간, 거짓말처럼 이지아의 머릿속에 빛바랜 풍경화가 떠올랐다.

"엄청 오래된 기차역 같은데요? 옛날 옷을 입은 서양인과 동양인이 뒤섞여 있어요."

"……."

그녀의 말에 놀란 것일까?

정단오는 맞거나 틀리다는 대답도 하지 않고 이지아를 응시했다.

그때, 더 보이는 게 있는지 이지아가 말을 덧붙였다.

"그러고 보니 일본 사람들이 꽤 있는 것 같아요. 여기가 어디지? 분명 익숙한 광경인데……."

"하얼빈 역이다."

정단오의 대답을 들은 이지아는 손가락을 튕기며 고개를 끄덕였다.

"교과서에서 많이 봤어요. 그래서 이렇게 익숙했구나."

"놀랍군. 하루 사이에 이미지까지 읽어 낼 줄은 몰랐다."

"재능이 있나 봐요. 그렇죠?"

무뚝뚝하기만 한 정단오가 칭찬을 해 주자 이지아의 볼이 붉게 물들었다.

스스로 뭔가를 해내고 있다는 사실이 그녀를 뿌듯하게 만든 것이다.

정단오는 붉게 물든 이지아의 얼굴을 보며 감상에 젖어 들었다.

'그녀와 닮았군.'

기억 속에 여전히 살아 있는 한 여자. 그녀의 밝은 웃음과 이지아의 모습이 겹쳐 보이는 것 같았다.

하나 이어진 이지아의 질문이 정단오의 상념을 깨트렸다.

"그런데 왜 하얼빈 역을 떠올린 거예요?"

"그곳에서 많은 일이 일어났으니까."

"어떤 일이요?"

"내 인생과 조국의 운명을 바꾼 일들."

"혹시 안중근 의사의 이토 히로부미 저격 사건을 말하는 건가요?"

정단오는 대답 대신 의미 모를 웃음을 흘렸다.

이지아는 궁금한 게 많았지만 정단오의 묘한 분위기 때문에 입을 닫았다. 왠지 몰라도 더 말을 꺼내면 안 될 것 같았다.

"어쨌든 하루 만에 이미지를 맞춘 건 대단한 일이다. 계속 노력해라."

"네, 기대해도 좋아요."

씩씩하게 대답을 마친 이지아는 의자 깊숙이 몸을 기댔다.

능력을 발현하느라 에너지를 많이 소모했기 때문에 급격한 피로가 찾아온 것이다.

"전 좀 잘게요, 단오 씨."

"편할 대로."

정단오는 창밖으로 시선을 돌렸다.

바깥 풍경이 어둠 속에서 빠르게 스쳐 가고 있었다.

이 길의 끝에는 부산이 있을 터. 부산은 예로부터 지금까지 일본과의 교역에서 아주 중요한 위치를 차지하는 도시이다.

정단오가 이지아를 데리고 부산으로 가는 것도 그 사실과 밀접한 관련이 있었다.

부우우웅―

그때, 정단오의 품속에 들어 있던 핸드폰이 묵직한 진동음을 토했다.

정단오는 액정 위에 김상현이란 글자가 뜨는 것을 확인한 뒤 전화를 받았다.

"나다."

"네, 마스터. 어디십니까?"

"부산으로 가는 KTX 안이다."

"부산이요? 갑자기 거긴 어쩐 일로 가십니까?"

"활동 자금을 마련할 생각이다. 이강호의 손녀까지 끌어들였으니 궁색하게 움직일 순 없지."

"아, 그녀도 동행하는 모양이군요. 그런데 부산에서 어떻게 자금을 마련하실 계획인지……."

"거기까진 알 것 없다. 그보다 내가 부탁한 것들은 어떻게 됐나?"

"물론 완벽하게 처리했지요. 각 지역의 독립유공자들에게 사람을 붙여 놨습니다. 수상한 기색이 보이면 바로 연락이 올 겁니다."

"수고했다. 어차피 이지아를 구했으니 그쪽에서도 당분간은 함부로 움직이지 못할 것이다."

"네. 그리고 혹시 몰라서 경찰 쪽에 연막을 쳐 놨습니다. 누가 살피더라도 마스터가 나선 사실이 알려지진 않을 겁니다."

"계속 상황을 주시하고 있어야 한다."

"걱정하지 마십시오. 제가 누굽니까? 왕년의 에이전트 킴입니다."

"믿고 있겠다."

"아무쪼록 부산에서 큰 사고 없이 돌아오십시오. 그때쯤이면 어느 정도 윤곽을 잡아 놓겠습니다."

"또 연락하지."

"넵."

김상현의 믿음직한 대답을 끝으로 통화가 끝났다.

핸드폰을 품 안에 집어넣은 정단오는 이런저런 생각에 머리가 복잡해지는 걸 느꼈다.

부산에서 자금을 확보하고 이지아의 능력을 개발시킨 뒤 본격적으로 범인들을 추적한다.

이런 분명한 계획을 갖고 있지만 때때로 마음이 어지러워지는 건 막을 수 없었다.

아무리 오래 살았어도 정단오 또한 인간이기 때문이다.

한데 정단오의 곁에서 이지아는 너무도 평화롭게 잠들어 있었다.

그녀의 쌔근거리는 숨소리를 들으니 정단오도 안정이 되는 것 같았다.

"별일이 다 있군."

자신보다 훨씬 더 어린 여자의 숨소리에서 평안을 느끼다니. 정단오는 스스로 생각해도 지금 상황이 우스운지 가볍게 피식거렸다.

치이아— 덜커덩.

그러는 와중에도 둘을 태운 기차는 부산으로 나아가고 있었다.

'부산.'

익숙한 도시의 이름을 곱씹은 정단오의 표정이 묘하게 달라졌다.

그곳 역시 서울처럼 백 년의 시간 동안 어마어마하게

변해 있을까?

정단오는 기차의 흔들거림에 몸을 맡기며 눈을 감았다.

한밤중의 부산역을 장악한 것은 택시 기사들이었다.

손님을 태우려고 혈안이 된 그들은 사람들의 옷자락을 잡아끌기 바빴다.

하지만 정단오의 옷에 손을 대는 택시 기사는 아무도 없었다. 나름대로 잔뼈가 굵은 기사들도 그의 존재감에 위축되어 섣불리 다가서지 못하는 것이었다.

덕분에 정단오와 이지아는 수월하게 한산한 거리로 빠져나왔다.

끼이익―

지나가는 택시를 멈춰 세운 정단오는 이지아와 함께 뒷좌석에 앉았다.

"어디로 모실까요?"

"남포동."

짧게 목적지를 말한 그는 석상처럼 가만히 앉아 있었다.

이지아는 그저 숙소가 남포동에 있을 거란 생각을 할 뿐이었다.

하지만 그녀의 예상은 빗나갔다.

남포동에서 내린 정단오는 이지아를 이끌고 시장 골목으로 들어섰다.

온갖 종류의 가게들이 즐비한 남포동 시장 골목에는 머물 만한 숙소가 보이지 않았다.

"대체 여긴 왜 온 거예요?"

"찾을 사람이 있다."

"이 시간에요?"

"조용하고 좋지."

자정 무렵의 남포동에는 조용하다는 말로 설명할 수 없는 기괴한 분위기가 감돌았다.

인적조차 드문 거리에서 대체 누구를 찾는다는 말인지. 이지아는 턱 밑까지 불만이 차올랐지만 한숨을 내쉴 수밖에 없었다.

"그런데 길은 알아요?"

"모른다. 백 년 만에 온 것인데 알 턱이 없지 않나."

"그래요. 단오 씨 말처럼 백 년 만에 왔다 쳐요. 그러면서 대체 누굴 찾는다는 말이죠?"

"아무리 시간이 지났어도 같은 자리를 떠나지 않는 존재들이 있다."

"네?"

도무지 알아들을 수 없는 말에 이지아가 의문을 표했지만, 정단오는 더 이상 설명을 늘어놓지 않았다.

대신 빠른 걸음걸이로 남포동 시장 골목을 이리저리 쏘다닐 뿐이었다.

그렇게 얼마 동안 복잡한 골목을 걸어 다녔을까.

이지아가 지쳐 갈 즈음, 드디어 정단오의 걸음이 외딴 건물 앞에서 멈췄다.

"여긴 전당포잖아요."

"그래, 여기다."

"단오 씨가 찾는 사람이 전당포에 있어요?"

"들어가 보면 알겠지."

"그렇지만 문을 닫은 것 같은데……."

그녀의 말처럼 이층에 있는 전당포로 올라가는 문은 꽉 닫혀 있었다.

일층 잡화점의 대문 옆에 위치한 철문은 아침이 밝기 전엔 열리지 않을 것만 같았다.

하지만 정단오는 아무렇지 않게 철문 앞으로 다가갔다. 그러고는 오른손을 뻗어 문고리를 잡았다.

"설마 문을 따려구요?"

이상한 기운을 느낀 이지아가 질문을 던졌지만, 정단오는 말 대신 행동으로 자신의 해결책을 보여 줬다.

우드득, 우드득!

거친 파공음과 함께 문고리가 부서졌다.

정단오의 새하얀 오른손이 쇳덩이로 만들어진 문고리를 완전히 박살 낸 것이다.

트럭 사건에 이어 또다시 비현실적인 광경을 보게 된 이지아는 말문이 막혀 버렸다.

새삼스레 정단오가 능력자라는 사실이 느껴지는 순간이

었다.

콰앙!

우그러진 문고리를 뜯어낸 정단오는 담담한 얼굴로 문을 걷어찼다.

절대 열릴 것 같지 않던 철문이 힘없이 쓰러지는 모습은 사뭇 인상적이었다.

그가 만들어 낸 소음에도 불구하고 거리는 여전히 적막하기만 했다.

"들어가자."

"……네."

정단오는 반쯤 넋을 잃은 이지아를 끌고 계단 위로 올라갔다.

어두컴컴한 계단을 지나니 곧장 전당포의 입구가 나왔다.

이지아는 괜스레 어깨가 으슬으슬해지는 것 같았다.

아무런 설명 없이 전당포라는 세 글자만 쓰여진 입구 너머로 심상치 않은 기운이 느껴졌기 때문이다.

마치 오래된 폐가에 갔을 때와 비슷한 기분이었다.

"여기 사람이 사는 거 맞죠?"

"물론이다. 이미 우리가 온 것도 알고 있을 거다."

"안에 있는 사람들이 안다구요?"

"문을 그렇게 부쉈는데 모르는 게 이상한 일이지 않나?"

"하지만 인기척이 전혀 안 느껴져요."

"기다려 봐라."

말을 마친 정단오는 주먹으로 전당포 입구를 두들겼다. 사람이 나오지 않으면 이 문도 부숴 버릴 것 같았다.

탕탕탕!

"안에 있는 것 알고 있다."

정단오의 묵직한 음성에도 불구하고 전당포 안쪽에선 어떤 대답도 들려오지 않았다.

인상을 찡그린 정단오는 강화유리로 만들어진 전당포 입구를 노려봤다.

"일을 어렵게 만드시겠다?"

그의 마지막 통보에도 반응은 없었다.

결국 정단오는 오른팔을 허리 뒤로 당겼다. 딱 봐도 정권 지르기를 할 것 같은 자세였다.

"또 문을 부수려고요?"

"다른 방법이 없다."

이지아의 물음에 태연하게 대답한 그는 깊은 호흡을 들이마셨다.

단전을 사용해 기호흡(氣呼吸)을 시작한 정단오의 몸에서 무림 고수와 같은 기세가 솟구쳤다.

이제는 정단오와 함께 다니는 데 익숙해진 이지아도 눈을 크게 뜨고 쳐다볼 정도였다.

후우욱!

정단오의 팔이 강화유리를 향해 움직였다.

별로 빠르지 않은 정권 찌르기임에도 무지막지한 풍압이 생성되어 바람 소리를 뿜어냈다.

아무리 강화유리라고 해도 정단오의 정권과 부딪치면 산산조각 날 게 분명해 보였다.

한데 그의 주먹이 유리에 닿기 직전, 안쪽에서 다급한 음성이 들려왔다.

"그만! 그만!"

정단오는 목소리가 들리자마자 동작을 멈췄다. 그의 주먹은 아슬아슬하게 유리에 닿기 직전이었다.

"문부터 열어라."

"알았으니까 주먹이나 좀 거두시오."

스윽.

별일 아니라는 듯 자세를 푼 정단오는 이지아를 돌아보며 어깨를 으쓱거렸다. 마치 자신의 방법이면 뭐든 해결된다고 말하는 것 같았다.

"휴우, 그래요. 난 이제 단오 씨를 상식의 잣대로 판단하지 않을래요."

그녀가 고개를 절레절레 흔드는 사이, 닫혀 있던 유리문이 활짝 열렸다.

캄캄하던 전당포 내부에도 불빛이 켜졌다.

비로소 손님을 맞이할 준비가 된 것이다.

"댁은 대체 누구요?"

전당포 안에는 까무잡잡한 얼굴의 중년인이 앉아 있었다. 그는 경계의 눈초리로 정단오를 살펴보았다.

"아무리 능력자라도 이 시간에 문을 부수고 말이야. 이래도 되는 거요?"

"안에 틀어박혀 있으니 별수 없지 않나."

중년인은 짐짓 화를 내다가도 정단오의 태도에 할 말을 잃어버렸다.

맥이 풀린 그는 한밤의 불청객들에게 자리를 내줬다.

조금이나마 미안해하는 이지아와 달리 자연스럽게 자리에 앉은 정단오는 곧장 본론을 꺼냈다.

"신영회(信影會)에 의뢰할 일이 있다."

"신영회?"

"속일 생각 하지 마라. 이곳이 신영회가 대대로 자리 잡은 터전임을 알고 있다."

"아니, 그게 아니라……."

중년인은 난감한 표정으로 정단오를 쳐다봤다.

사실 정단오는 제대로 된 곳에 찾아온 게 맞았다.

신영회는 오래전부터 경남 지역의 정보를 총괄하는 단체였다. 쉽게 말하면 능력자들의 정보 길드인 셈이다.

그러나 신영회라는 이름 자체가 문제였다. 벌써 십여 년 전에 바뀐 옛날 이름이기 때문이었다.

"아직도 우리를 신영회라 부르는 사람이 있을 줄은

몰랐소. 서른도 안 돼 보이는데, 일부러 그리 부른 거요?"

"이름이 바뀌었나?"

"허, 진짜 모른다는 말투로구만."

"새 이름은 뭐지?"

"이 밤중에 장난이나 치려고 온 것 같진 않으니 대답해 주겠소. 우리는 이제 케이 아이라 불리고 있소."

"K.I.? 무슨 뜻인가?"

"경남 인포메이션[Kyeongnam Information]."

중년인은 자랑스럽다는 듯 K.I.의 뜻을 설명했지만, 정단오와 이지아는 실소를 참기 힘들었다.

"푸훗!"

"최악의 네이밍 센스다."

참다못한 이지아가 웃음을 터트렸고, 정단오도 눈살을 찌푸리며 면박을 줬다.

그러나 중년인은 이해할 수 없다는 얼굴이었다.

"K.I.가 어때서? 글로벌 시대에 발맞춘 훌륭한 이름이구만."

"그렇다고 치자. 어쨌든 신영회, 아니, 경남 인포메이션에 의뢰할 일이 있다."

정단오가 K.I.의 뜻을 풀어서 말하자 이지아는 허벅지를 꼬집으며 웃음을 참아 냈다.

중년인은 그런 이지아에게 눈을 부라린 후 입을 열었다.

"정체부터 밝히시오. 신원이 확인되지 않은 능력자에게는 어떤 정보도 제공할 수 없소."

"원래 그렇게 까다로웠나?"

"근래에 원로회의 입김이 강해졌으니 이럴 수밖에. 근데 아까부터 왜 자꾸 반말이오? 아무리 손님이 왕이라지만 연장자 존중도 모르시오?"

중년인이 나이를 들먹이자 정단오는 기다렸다는 듯 눈을 빛냈다.

"신영회의 창립 기념사진, 아직도 보관하고 있겠지?"

"갑자기 그건 왜……."

"사진을 가져오면 내 신원을 증명해 주마."

정단오의 요구는 황당하기 짝이 없는 것이었다.

하나 중년인은 왠지 모르게 거절할 수 없는 박력을 느꼈다.

만약 사진을 안 가져오면 정단오가 건물 전체를 날려 버릴지도 모른다는 생각이 든 것이다.

정단오가 때때로 흘리는 기세는 맹수와도 같아서 중년인이 감당하기엔 무리였다.

"정말 창립 기념사진을 가져오면 신원을 밝힐 것이오?"

"한입으로 두말하지 않는다."

"한데 왜 하필 창립 사진을……."

"가져오면 알게 될 일인데 말이 많군."

"끄응, 알겠소. 잠시만 기다리시오."

한숨을 뱉으며 자리에서 일어난 중년인은 전당포 안의 다른 방으로 들어갔다.

부스럭거리는 소리가 들리더니, 잠시 후 중년인이 손에 큼지막한 액자를 들고 나타났다.

"이게 창립 기념사진이오. 이제 신원을 증명해 주시오."

정단오와 이지아의 시선이 액자로 향했다.

지금은 K.I.가 된 신영회의 창립 기념사진을 살핀 둘은 각자 다른 반응을 보였다.

정단오는 득의의 미소를 지었고, 이지아는 귀신이라도 본 것처럼 놀란 표정이었다.

그러나 사진을 가져온 중년인은 상황을 파악하지 못하고 있었다.

결국 정단오가 손가락을 들어 사진 속의 인물들을 가리켰다.

"여기 이 사람이 초대 회주이자 창립자인 강건평이다."

"그렇소. 내 증조부님이시오."

중년인은 정단오가 어떻게 강건평의 얼굴을 알아봤는지 신기한 눈치였다.

하나 정말 놀랄 일은 따로 있었다.

정단오의 손가락이 사진 속 인물들 중에서 가장 구석에 서 있는 사람을 지목한 것이다.

"그럼 이건 누구일 것 같나?"

"이분은……."

중년인은 말을 잇지 못하고 사진과 정단오의 얼굴을 번갈아 쳐다봤다.

신영회의 창립 기념사진은 1900년대 초반에 찍힌 것이다. 그런데 어떻게 사진 속의 남자가 자신의 눈앞에 앉아 있는 것일까?

"서, 설마!"

복장만 바뀌었을 뿐, 정단오는 사진 속에서와 똑같은 얼굴로 중년인을 바라보고 있었다.

"이터널 마스터, 정단오!"

비명을 지르듯 정단오의 코드네임과 이름을 외친 중년인은 아직도 어안이 벙벙한 것 같았다.

그러나 곧 정신을 수습한 그는 말릴 틈도 없이 바닥에 무릎을 꿇었다.

"K.I. 4대 회장 강영식이 마스터를 뵙습니다!"

3장
위험한 거래

강영식은 부산과 경남의 능력자들 사이에선 꽤나 유명한 사람이었다. 그 스스로 딱히 뛰어난 능력자가 아님에도 K.I.라는 집단의 수장이기 때문이다.

현대에 들어 정보의 중요성은 점점 커졌고, 그만큼 K.I.의 영향력도 강해진 것이다.

하지만 그런 강영식도 정단오 앞에서는 바짝 엎드릴 수밖에 없었다.

단지 정단오가 엄청나게 위험한 인물이기 때문만은 아니었다.

무려 증조부인 강건평과 친분을 나누었던 사람을 어떻게 함부로 대하겠는가.

더구나 정단오는 신영회의 창립에 도움을 주기도 했다.

강영식의 입장에서는 증조부의 동료이자 창립 원로인 셈이었다.

쪼르르르—

직접 커피를 따른 강영식이 정단오와 이지아를 보며 어색한 웃음을 지었다.

그러나 까무잡잡한 피부의 중년 남자가 짓는 미소는 둘을 불편하게 만들었다.

"그렇게 웃지 마라."

"아…… 네."

생각지도 못한 지적을 받은 강영식은 멋쩍은 듯 머리를 긁적였다.

한편, 정단오 옆에 앉아 있는 이지아는 여전히 충격에 빠져 있었다.

농담인 줄 알았는데 진짜 100년을 넘게 살았다니, 그녀의 마음이 진정되려면 시간이 필요할 것 같았다.

그때, 정단오가 강영식을 향해 의미심장한 말을 건넸다.

"이미 말했지만, 의뢰할 일이 있다."

"무엇입니까?"

"그전에 한 가지만 확실히 해 두지. 나를 만난 것을 누구에게도 말해선 안 된다."

"원로회에도 비밀인지요?"

"누구에게도."

정단오의 단호한 말에 강영식이 고개를 끄덕였다.

눈치 빠른 그는 정단오가 무엇을 원하는지 금방 알아차렸다.

"믿어 주십시오. 가문의 은인이자 큰어른인 마스터의 부탁이니 목숨을 걸고 지키겠습니다."

"일부러 찾아온 보람이 있군."

"그럼 이제 의뢰 내용을 말씀해 주실런지요?"

"옛날부터 부산에는 암시장이 유명했지. 내 생각엔 지금도 그대로일 것 같은데."

"암시장에 대한 정보를 원하시는 것입니까?"

"그렇다. 어떤 암시장인지는 말하지 않아도 알 거라 믿는다."

강영식은 마른침을 꿀꺽 삼켰다. 정단오의 의뢰가 생각보다 위험한 것이었기 때문이다.

하긴, 100년 동안 행방불명이던 그가 눈앞에 나타난 것부터 심상치 않은 일이었다.

순식간에 머릿속으로 계산을 마친 강영식은 조심스레 말을 이어 갔다.

"저희가 드릴 수 있는 것은 정보뿐입니다. 암시장에 대한 개입은 워낙 위험한 일이라……."

"정보를 얻을 수 있다면 충분하다. 뒷일은 내가 알아서 할 테니 걱정하지 마라."

"혹시 암시장을 뒤엎을 생각이신지요?"

정단오는 강영식의 질문에 답을 주지 않았다. 대신 다른 질문을 던졌다.

"자세한 정보를 얻는 데 며칠이나 걸리지?"

"사흘만 주십시오."

"이틀."

"알겠습니다, 마스터."

"대금은 후불로 치르겠다."

"원래라면 절대 안 되는 일이지만, 다른 분도 아니고 마스터의 의뢰이니 받아들여야지요."

"생긴 것과 달리 말을 잘하는군."

"정보 집단을 이끌려면 이빨을 좀 까야 하는 법이지요."

어느덧 긴장이 풀린 듯 강영식이 농담을 던졌다. 정단오도 이야기가 잘돼서인지 편안한 얼굴이었다.

"우린 M호텔에 있을 테니 이틀 뒤 정보를 가져와라."

"여부가 있겠습니까."

"혹시나 해서 하는 말이지만, 만약 비밀을 지키지 않는다면……."

자리에서 일어나던 정단오가 말끝을 흐리며 강영식을 노려봤다.

최아아악—

순식간에 주변의 공기가 얼어붙는 것 같았다.

강영식은 숨이 멎는 기분 속에서 정단오의 무서움을 느

졌다.

어쩌면 이번 일에 K.I.의 운명을 걸어야 할지도 모른다.

혹시라도 비밀을 누설하거나 일을 제대로 처리하지 못하면 죽음 이외의 결과는 없을 것이다.

정단오의 진면목을 뼛속까지 느낀 강영식은 서둘러 고개를 조아렸다.

허름한 전당포에 자리 잡고 있지만 사실은 수백 명의 부하를 거느린 K.I.의 회장답지 않은 모습이었다.

"선대의 명예를 걸고 비밀리에 마스터의 의뢰를 완수하겠습니다."

사뭇 공손해진 강영식의 태도에 정단오가 손을 내저었다.

그제야 전당포 안을 살얼음판으로 만들었던 차가운 기운이 눈 녹 듯 사라졌다.

"간다."

정단오는 짧은 말을 남기고 전당포 밖으로 나갔다. 언제부터인가 말없이 앉아 있던 이지아도 그의 뒤를 따랐다.

그러나 강영식은 정단오가 사라지고도 오랫동안 허리를 숙이고 있었다.

M호텔에 도착한 정단오는 방이 두 개 딸린 커다란 객

실을 잡았다.

이렇듯 고급 호텔을 이용하는 걸 보면 적어도 당장 돈이 궁하진 않은 모양이었다.

다만 본격적으로 사건에 뛰어들면 돈이 얼마나 들지 모르기에 부산에서 자금을 확보하려는 것 같았다.

"욕실도 방마다 따로 있으니 불편하진 않을 거다."

"그래요."

이지아는 정단오의 말에 고개만 까딱하곤 자신의 방으로 들어갔다.

아무리 독립된 공간이 있다고 해도 남자와 한 객실에서 지내야 하는 게 조금 불편했기 때문이다.

더구나 그녀는 전당포에서 봤던 신영회 창립 기념사진의 충격에서 빠져나오지 못하고 있었다.

기껏해야 자신보다 서너 살 정도 많아 보이는 정단오가 100년 전에도 같은 모습이었다는 사실을 받아들이기 힘든 것이다.

생각보다 빨리 능력자의 세계에 적응한 그녀지만, 이것은 완전히 다른 문제였다.

100년이 넘도록 늙지 않고 사는 존재. 그를 과연 같은 인간이라고 생각해야 하는가.

그러한 본질적인 의문이 이지아를 심란하게 만든 것이다.

'단오 씨는…… 아니, 정말 백 살이 넘었다면 내가 지

금처럼 편하게 불러도 되는 걸까?'

정리되지 않은 생각을 이어 가던 그녀가 나지막이 한숨을 쉬었다.

씻지도 않은 채 침대에 걸터앉아 있는 그녀의 얼굴은 평소보다 더 하얗게 보였다.

한데 그때, 방문을 두드리는 소리가 울렸다.

똑똑.

이 시간에 노크를 할 사람은 정단오밖에 없었다. 애초에 둘만 사용하는 객실이기 때문이다.

이지아는 갑자기 가슴이 뛰는 걸 느끼며 입을 열었다.

"무슨 일이죠?"

"잠시 들어가겠다."

정단오는 허락도 얻지 않고 벌컥 방문을 열었다.

이럴 거면 노크는 뭐 하러 했는지. 이지아는 남몰래 입을 삐죽거렸지만 티를 내진 않았다.

그보다는 정단오가 무슨 말을 하려고 왔는지 궁금한 마음이 더 컸기 때문이다.

"이틀 뒤부터는 바쁘게 움직여야 될 거다. 그러니 내일 하루 정도는 푹 쉬어 두도록."

"네, 알겠어요."

"그리고……."

더 할 말이 남았는지 정단오의 낮은 음성이 이어졌다. 그와 눈을 마주친 이지아는 숨죽이고 다음 말을 기다렸다.

"내가 몇 년의 세월을 살았는지는 중요하지 않다. 그저 있는 그대로 나를 대하면 된다. 어설프게 어려워하지 말고."

"그, 그게……."

"표정 변화가 너무 티 나더군."

"정말요?"

"나를 괴물 보듯 쳐다보는데 모를 수가 있겠나."

"……미안해요."

이지아는 진심을 담아 사과를 전했다.

정단오의 말처럼 그는 다른 누구도 아닌 정단오일 뿐이다. 더구나 자신의 생명을 구해 준 은인이 아닌가.

그가 몇 살인지보다는 어떤 사람인지가 더 중요한 것이다.

그녀는 잠깐 사이에 한결 편해진 마음으로 정단오를 다시 쳐다봤다.

하나 정단오는 처음부터 지금까지 똑같은 얼굴이었다. 네가 나를 어떻게 생각해도 상관없다는 듯 무심한 표정이었다.

"미안해할 일은 아니다. 그저 모든 일이 끝날 때까지 서로 불편하지 않길 바랄 뿐이다."

그의 말투는 유독 사무적으로 들렸다. 하지만 이지아는 개의치 않고 대화를 계속하려 노력했다.

"이제부터 단오 씨가 놀랄 만큼 편하게 대할 거예요.

그건 그렇고, 저도 궁금한 게 있어요."

"뭔가?"

"이제 부산에서 어떻게 자금을 확보할지 말해 줘도 되지 않나요? K.I.에서 암시장의 정보를 의뢰한 것과 관련이 있는 거죠?"

"제법 눈치가 빠르군."

순순히 고개를 끄덕인 정단오는 부산에서의 계획에 대해 설명을 시작했다.

"먼저 암시장이 무엇인지 말해 주마."

"혹시 밀수와 관련된 시장인가요?"

"비슷하다. 하지만 거래되는 물건이 일반 밀수품과는 차원이 다르다."

정단오의 말에 이지아가 침을 꿀꺽 삼켰다. 자신이 상상했던 것보다 훨씬 스케일이 큰 이야기가 나올 것 같았기 때문이다.

"부산은 오래전부터 일본과의 교역 도시였다. 물론 정상적인 역할도 담당하지만 암시장처럼 음지의 교역도 활성화되었지."

"음지의 교역이라면……."

"한국의 유물을 일본에 넘기는 것을 뜻한다."

"네에?"

화들짝 놀란 이지아의 눈동자가 동그래졌다.

그러나 정단오는 별일 아니라는 듯 차분한 목소리로 말

을 이었다.

"임진왜란 때부터 시작된 구시대의 악습이다. 일본에서 힘 좀 쓰는 놈들은 한국의 유물을 훈장처럼 생각하니까."

"대체 왜 남의 나라의 유물에 눈독을 들이는 걸까요?"

"그들의 비틀린 자존심을 이해하는 건 불가능하다. 다만 거기에 기생해서 살아가는 인간들이 부산의 암시장을 주도하고 있지."

"매국노들이네요. 우리나라의 유물을 일본에 갖다 팔다니. 정부에서는 대체 뭘 하는지……."

이지아의 넋두리에 정단오는 쓴웃음을 지을 수밖에 없었다.

그가 살아온 세월 동안 한반도 땅 위에 세워진 임금과 대통령들은 하나같이 백성과 시민의 등골을 휘게만 할 뿐이었다.

부산의 암시장이 수백 년째 유지되고 있는 것도 그 증거이다. 권력자들은 자신의 이득과 상관없는 일에는 절대 관심을 두지 않는다.

"오히려 정부는 좋아할지도 모르겠다. 암시장에서 비싼 엔화를 벌어들이고 있으니."

"설마요."

"중요한 건 그 암시장이 아직 남아 있다는 사실이다.

아니, 아마 과거보다 규모가 커졌을 가능성이 크다."

"과연 얼마 정도의 돈이 오갈까요?"

"백억쯤은 우습겠지."

"백억이요? 하긴, 우리나라의 유물이 밀수되는 건데 일 년에 백억 정도면 이해할 수 있죠."

"일 년이 아니다. 암시장이 한 번 열릴 때 최소 백억은 움직일 거다."

"하, 한 번에 최소 백억……."

이지아는 상상을 초월하는 숫자에 질렸는지 말을 더듬었다.

하룻밤에 백억이 오가다니. 물론 암시장이 매일 열리는 것은 아니겠지만, 그래도 정말 엄청난 규모였다.

"자세한 사항은 K.I.에서 정보를 넘기면 알 수 있을 터. 그러나 내 예상과 크게 다르진 않을 것이다."

"백억이라면 진짜 대박이네요."

"이 정도에 놀라선 곤란하다."

정단오는 계속해서 백억을 중얼거리는 이지아를 보며 마저 하려던 말을 삼켰다.

암시장의 백억을 다 털어 버릴 거라는 계획을 말했다간 그녀가 기절이라도 할 것 같았기 때문이다.

그렇게 다사다난했던 부산에서의 첫날밤이 지나가고 있었다.

이지아는 휴식을 취하면서도 수련을 게을리하지 않았다. 그러는 사이, 이틀은 쏜살같이 지나갔다.

약속된 날이 되자 강영식은 혼자서 M호텔 로비에 나타났다. 비밀을 지키기 위해 부하들을 대동하지 않고 직접 움직인 것이다.

객실로 올라온 강영식과 마주 앉은 정단오는 사뭇 흥미로운 이야기를 듣게 됐다.

물론 이지아도 놀란 얼굴로 둘의 대화를 경청하고 있었다.

"그게 가능한가?"

"알아본 바로는 확실합니다. 저도 이번에 조사를 하면서 놀랐으니까요."

정단오의 물음에 강영식이 확신 어린 얼굴로 대답했다.

그들은 암시장의 진짜 규모에 대해 이야기하고 있었다.

강영식이 객실에 들어오자마자 밝힌 암시장의 규모는 무려 삼백억이었다.

정단오의 예측보다 세 배는 더 큰 규모로 유물 밀수가 성행하고 있는 것이다.

보통 한 달에 한 번 정도 열리는 암시장은 길어야 이틀을 넘기지 않는다. 짧고 굵게 돈과 유물을 교환하면 되기 때문이다.

그렇게 보면 고작 하룻밤 사이에 삼백억이 움직인다는
뜻이었다.

"과거보다 더 심해졌군. 삼백억 가치의 유물을 일본에
게 팔아먹다니."

"예전의 암시장은 어땠습니까?"

"적어도 삼백억 규모는 아니었다. 대부분은 일본의 강
탈이었고, 지금처럼 한국인들이 나서서 암시장을 주도하
지도 않았다."

"허참……."

정단오의 설명에 강영식이 씁쓸한 표정을 지었다.

한국인들이 스스로 조국의 유물을 일본에 팔아넘기는
상황은 아이러니, 그 자체였다.

임진왜란과 일제강점기를 지나 어느덧 한국은 선진국의
반열에 올랐지만, 일본에 기생하며 살아가는 친일파들은
전혀 줄어들지 않은 것 같았다.

"차라리 잘된 일이다. 이참에 다 쓸어버리면 된다."

"쓸어버리시다니요?"

"단순히 암시장의 자금을 터는 것으로 만족하지 않겠
다. 다시는 한국의 유물을 팔 수 없도록 싹을 자를 것이
다."

"그런……."

정단오의 처음 목적은 자금을 확보하는 것이었지만, 막
상 암시장의 실상에 대해 알고 나니 분노를 참기 힘들었다.

돈도 벌고 암시장을 주도하는 친일파들도 쓸어버리면 일석이조라는 생각이 든 것이다.

한데 그때, 가만히 듣고만 있던 이지아가 입을 열었다.

"그런데 단오 씨는 능력자니까 함부로 개입하면 안 되는 거 아닌가요?"

정곡을 찌르는 질문이었다.

강영식도 그녀의 물음에 동조하며 정단오를 쳐다봤다.

암시장에 대한 정보를 준비하면서도 그 부분이 마음에 걸렸기 때문이다.

그러나 정단오의 대답은 간단하기 그지없었다.

"어려운 문제가 아니다."

"다른 방법이 있어요?"

"능력을 사용하지 않고 순수한 육체의 힘만 쓰면 된다. 그 정도로도 암시장 따윈 충분히 박살 낼 수 있다."

"삼백억 규모의 시장이면 경호도 장난이 아닐 텐데요?"

"나를 우습게 보는군."

정단오는 고개를 돌려 이지아의 눈을 바라봤다. 그러고는 너무도 당연하다는 듯 담담하게 말을 이었다.

"내 육체는 오랜 세월 동안 단련된 것이다. 능력을 쓰지 않아도 평범한 인간들 정도는 두렵지 않다."

"아……."

"만약 암시장에 능력자가 있다면 더 반가운 일이다. 나도 마음껏 능력을 쓸 수 있을 테니."

자신감을 넘어 오만하게까지 보이는 정단오의 태도에 이지아와 강영식 모두 할 말을 잃었다.

하나 정단오는 아무렇지 않은 얼굴로 화제를 돌렸다.

"정보 이야기를 계속하지. 암시장의 전면에 나서는 이들은 누구인가?"

"네, 네. 부산의 조폭들과 일본 야쿠자들이 앞에 나서서 거래를 하고 있습니다."

"조폭과 야쿠자라…… 그럴듯한 조합이군."

"유물을 파내고 돈을 움직이는 큰손들이 직접 나서지는 않으니까요."

"한국 쪽의 큰손은 누구지? 국가 유산을 넘길 정도면 영향력이 상당해야 될 텐데."

"거기까진 확실히 알아낼 수 없었습니다. 다만 걸리는 게 있긴 합니다."

"말해 봐라."

"지금부터는 K.I.의 회장이 아닌, 그저 개인의 자격으로 말씀드리겠습니다."

"알겠다."

무슨 이야기를 꺼내려는지 강영식의 표정이 더욱 심각해졌다.

정단오와 이지아도 주의를 기울이며 그의 입에서 나올 말을 기다렸다. ·

이윽고 한숨을 삼킨 강영식이 조심스레 입술을 달싹였다.

"사실 오성 그룹이 수상합니다. 부산 지역 최대의 조폭인 해운대파가 오성 그룹의 지시를 받는다는 소문은 예전부터 유명했습니다. 문제는 그 해운대파가 암시장까지 담당하고 있다는 것이지요."

"오성 그룹이라면 한국에서 절대권력이나 마찬가지라고 들었다만."

"맞습니다. 대통령도 함부로 건드리지 못하는 게 오성 그룹이지요."

"그런 대기업에서 암시장에 관여를 한다?"

"돈도 돈이지만, 일본의 거물들과 좋은 관계를 맺으려는 의도인 것 같습니다."

"그들의 간섭을 확신하는 말투로군."

"어디까지나 개인적인 의견입니다, 마스터."

정단오는 머릿속으로 대략의 그림을 그리기 시작했다.

이왕 암시장을 건드리기로 했다면 확실하게 끝을 봐야 한다.

어설픈 공격은 안 하는 것보다 못한 것이다.

'생각보다 일이 커졌지만, 문제될 건 없다.'

어마어마한 일의 중심에 서게 됐지만 정단오는 조금도 걱정하지 않았다.

지금쯤 김상현은 열심히 연쇄 살인 사건의 배후를 밝혀내고 있을 터. 무슨 일이 생기면 바로 연락이 올 것이다.

적어도 그때까지는 부산에 머물러도 될 것 같았다.

일단 김상현이 단서를 얻어 낸 뒤에야 그것을 바탕으로 사건을 파헤칠 작정이었기 때문이다.

'부산의 암시장, 그리고 독립유공자들을 죽인 자들까지…… 조금만 기다려라. 너희의 시간은 곧 끝난다.'

정단오의 내면 깊은 곳에서 뜨거운 불길이 이글거렸다. 하나 그는 밖으로 분노를 드러내지 않았다.

"크흠, 이제 다시 K.I.의 회장으로 돌아와서 말씀을 드리지요. 암시장이 열리는 장소는 매달 바뀝니다. 날짜도 일정하지 않지요. 하지만 운 좋게도 이번 달의 날짜와 장소를 입수했습니다."

강영식은 계속해서 암시장에 대한 정보를 나열했다.

그는 이틀이라는 한정된 시간에도 불구하고 K.I.의 명성에 걸맞은 고급 정보들을 가져왔다.

대화를 끝낸 정단오는 만족한 얼굴로 고개를 끄덕였고, 섭섭하지 않을 만큼의 보상을 약속했다.

따지고 보면 외상으로 정보를 산 것이지만, 강영식은 토를 달지 않았다.

"……이상입니다, 마스터. 혹시 다른 준비가 더 필요하십니까?"

암시장에 대한 모든 것을 털어놓은 강영식이 정단오를 보며 질문을 던졌다.

그가 무엇을 말하든 들어주겠다는 자세였다.

정단오는 사양하지 않고 자신의 요구를 말했다.

"차가 한 대 필요하다."

"30분 안에 호텔 주차장에 대기시켜 놓겠습니다."

"험하게 쓸지도 모른다."

"폐차시키셔도 괜찮습니다. 후불로 처리하면 되니까요."

강영식은 가볍게 웃으며 정단오의 청을 받아들였다. 그러고는 자리에서 일어나 인사를 전했다.

"무운을 빌겠습니다."

"곧 연락하지."

그는 암시장의 정보가 기록된 서류들만 수북이 남긴 채 객실을 나섰다.

따르르릉—

놀랍게도 강영식이 떠난 지 정확히 삼십분이 지나자 호텔 로비에서 전화가 걸려왔다.

주차장에 차가 도착했으니 열쇠를 찾아가라는 것이었다.

정단오는 강영식의 칼 같은 일처리에 한 번 더 만족했다.

이제 남은 것은 삼백억 규모의 암시장을 쓸어버리는 일뿐이었다.

강영식으로부터 정보와 자동차를 받은 것이 사흘 전.

그동안 이것저것 준비를 마친 정단오는 이지아와 함께 호텔을 나섰다.

부우웅―

머리부터 발끝까지 올 블랙으로 빼입은 정단오가 시동 버튼을 눌렀다.

묵직한 시동음을 들으며 핸들을 잡은 정단오는 마치 자동차 CF에 나오는 모델 같아 보였다.

강영식이 마련해 준 차는 랜드로버 브랜드에서도 최고급 기종인 레인지로버였다.

언제 의뢰비를 받을지 모르는 상황에서 2억 원에 육박하는 차를 통 크게 넘긴 것이다.

"운전은 할 줄 아는 거 맞죠?"

"오랜만이긴 하다."

"그럼 면허는 있어요?"

정단오는 조수석에 앉은 이지아의 질문을 묵살했다. 주민등록증도 없는데 면허증 따위가 있을 리 없었다.

부와아앙!

대답 대신 엑셀을 밟자 레인지로버가 호텔 주차창을 벗어나 도로로 진입했다.

정단오는 오랜만의 운전임에도 능숙하게 차를 몰았다.

다만 한 가지, 꽤나 거칠게 운전을 한다는 것이 문제였다.

"단오 씨!"

안전벨트를 매고도 흔들리는 몸 때문에 참다못한 이지아가 정단오를 불렀다.

거의 비명에 가까운 외침이었지만, 정단오는 오직 앞만 바라보고 있었다.

그는 고개를 돌리지도 않고 무심하게 대답했다.

"곧 부산항에 도착한다."

"멀미할 거 같아요."

"참아라."

말을 마친 그는 보란 듯이 액셀을 세게 밟았다. 늦은 시간이라 탁 트인 도로를 거침없이 질주하는 것이다.

마치 액션 영화의 추격신을 방불케 하듯 내달린 정단오는 머지않아 목적지인 부산항에 다다랐다.

끼익—

아무 구석에나 차를 세운 정단오는 어둠에 가려진 항구를 노려봤다.

정박돼 있는 커다란 배들과 컨테이너 박스들은 어딘지 을씨년스럽게 보였다.

그때, 겨우 정단오의 난폭 운전에서 해방된 이지아가 상황을 되짚었다.

"정보대로라면 여기서 암시장이 열리는 거죠?"

"그렇지."

"그런 것치고는 경비가 삼엄하지 않네요."

"어쩌면 변수가 생겼을지도 모른다."

그녀의 지적처럼 삼백억 규모의 암시장이 열리는 곳이라 생각하기엔 경비가 너무 허술했다.

하나 아직은 무엇도 단정할 수 없었다. 직접 부딪치는 것이 유일한 방안이었다.

부지런히 걸음을 옮긴 둘은 배들이 묶여 있는 길을 거슬러 올랐다.

두 명의 눈길은 백상아리 3호라는 이름을 찾고 있었다.

강영식의 정보가 맞다면 그 배의 선실에서 암시장이 열릴 것이기 때문이다.

"아, 저기 있어요."

"생각보다 조용하군."

"뭔가 이상하다니까요."

정단오는 이지아의 손가락이 가리키고 있는 쪽을 유심히 살펴봤다.

화물선처럼 보이는 커다란 배에는 분명 백상아리 3호라는 이름이 새겨져 있었다.

그러나 배 전체에 감돌고 있는 횅한 분위기는 예상했던 것과 전혀 달랐다.

"보안을 위한 위장일 수도 있다. 안에 들어가면 다를지도."

"그래요, 여기까지 왔으니 들어가 봐야죠."

"내 뒤에서 떨어지지 마라. 알겠나?"

"걱정 마세요."

이지아에게 당부를 전한 정단오는 곧장 배가 있는 쪽으로 다가갔다.

다행히 부둣가와 배 사이에 계단이 놓여 있어 손쉽게 이동할 수 있을 것 같았다.

삐그덕삐그덕.

둘은 최대한 조심스레 계단을 올라갔지만 소리를 완전히 죽일 순 없었다.

하나 배 위쪽에선 별다른 인기척이 감지되지 않았다. 괜히 긴장을 한 것 같아 민망할 정도였다.

저벅저벅.

금방 갑판에 오른 정단오는 말없이 배의 내부로 향했다.

그는 이미 허탕을 치리란 각오를 하고 있었다.

믿기 힘든 일이지만, K.I.의 정보가 빗나갔을 가능성이 점점 커지고 있었다.

한데 배의 안쪽으로 들어갈수록 정단오의 표정이 변해갔다. 미약하지만 사람의 기운을 감지했기 때문이다.

"누군가 있다."

정단오가 낮은 목소리로 이지아에게 말했다.

텅 빈 것 같은 선실 안쪽에 사람이 있다니. 선뜻 이해되지 않는 말이었으나 이지아는 얌전히 고개를 끄덕였다.

다른 사람도 아닌 정단오의 말이라면 일단 신뢰하고 봐야 했다.

은밀한 걸음으로 선실 깊숙한 곳까지 진입한 둘은 약속이라도 한 듯 서로를 쳐다봤다.

눈앞에 나타난 문 너머로 인기척이 느껴졌기 때문이다.

'어떡하죠?'

'여기서 기다려라.'

소리를 내지 않고 입술만으로 대화를 주고받은 둘은 잠시 숨을 죽였다.

그리고 이내 정단오가 문을 밀었다.

끼이익.

기름칠을 안 했는지 꽤 큰 소리가 울리며 문이 열렸다.

선실 안쪽에 있던 사람들은 일제히 고개를 돌려 입구를 쳐다봤다.

"암시장을 찾아왔다."

"모르는 얼굴인데, 누구고?"

검은 정장을 차려입은 세 명의 사내는 당황한 얼굴로 정단오를 살펴보았다.

처음 보는 사람이 다짜고짜 암시장을 들먹이니 경계할 수밖에 없었다.

"누군데 암시장을 찾느냐고. 말 안 하나!"

"너희에게 물을 것이 있다."

"어디서 이런 또라이 새끼가 왔노. 니 지금 여가 어딘 줄 알고 왔나?"

조폭 세 명은 험악한 인상을 쓰며 거친 사투리를 내뱉었다.

그러나 정단오는 더 이상 말을 섞기 싫은 듯 망설이지 않고 땅을 박찼다.

타앗!

"어…… 뭐고, 이건?"

다른 두 명이 놀라는 사이, 정단오의 신형은 벌써 가까운 쪽의 사내에게 가 있었다.

전광석화처럼 움직인 그가 가볍게 팔을 뻗었다.

투두두둑!

한 번의 동작에서 무려 네 번의 타격이 파생됐다.

눈 깜짝할 사이에 네 방을 얻어맞은 사내는 그대로 의식을 잃고 주저앉았다.

"이 새끼가 돌았나!"

"어디서 온 놈이고?"

뒤늦게 정신을 차린 두 명이 씩씩거리며 정단오에게 달려들었다.

해운대파의 조직원인 그들은 황소만 한 덩치를 자랑했다. 더구나 둘 중 한 명은 굵은 각목까지 들고 있었다.

그러나 상대는 정단오였다.

조폭 따위는 한 트럭이 와도 두려워하지 않을 지상 최강의 인간병기란 뜻이다.

그는 능력을 쓰지 않고 순수한 육체의 힘으로 사내들을 상대했다.

콰직!

힘차게 휘둘러진 각목이 정단오의 팔과 충돌하며 박살 났다. 그 상태에서 다른 한 명의 주먹이 안면으로 날아왔다.

바로 그때, 정단오의 양손이 상상을 초월하는 속도로 움직였다.

슈슈슛!

왼손이 각목을 휘둘렀던 사내의 멱살을 움켜잡았다. 동시에 오른손은 날아오는 주먹을 감싸 쥐었다.

목표물을 잡아챈 정단오는 양손에 힘을 주었다.

꽈악—

"크으으윽!"

"그, 그만! 그만하라고!"

한 명은 숨이 끊어질 것 같았고, 나머지 한 명은 주먹이 으스러질 것 같았다.

서로 다른 극한의 고통 속에서 둘은 한목소리로 비명을 질렀다.

정단오의 악력(握力)은 조폭 두 명을 단숨에 무력화시킬 만큼 무지막지했다.

"해운대파에서 나왔나?"

살짝 힘을 풀어 준 정단오가 질문을 던졌다. 하나 두 명의 사내는 가쁜 숨을 몰아쉬기 바빴다.

대답이 재깍 나오지 않자 정단오는 기다리지 않고 다시 손에 힘을 줬다.

"으윽, 그래! 해운대파다!"

"말했으니 이거 좀 놓고…… 끄으윽!"

사내들의 정체를 파악한 정단오는 왼손을 짧게 휘둘렀다. 그러자 멱살이 잡혀 있던 조폭이 목을 맞고 실신했다.

이제 의식이 남아 있는 사람은 정단오의 오른손에 주먹이 붙잡혀 있는 사내뿐이었다.

동료들이 모두 쓰러지는 것을 본 그는 식은땀을 뻘뻘 흘렸다.

"누, 누구십니까?"

자신도 모르는 사이 조폭의 말투가 공손하게 바뀌었다. 겁에 질린 인간의 평범한 태도였다.

이런 인간이 약자들 앞에서는 온갖 센 척은 다 하며 살아왔을 것이다.

그것을 잘 아는 정단오는 무표정한 얼굴로 그의 주먹을 놔주었다. 그러고는 손가락으로 조폭의 목 언저리를 가격했다.

꾹!

목이 찔린 조폭사내는 다리가 풀린 듯 풀썩 무너졌다.

그는 자신의 상태가 이해되지 않는다는 듯 당황한 얼굴이었다. 온몸에 힘이 들어가지 않고 오직 입술만 움직일 수 있었기 때문이다.

"대체 무슨 짓을……."

"네게 물을 것이 있다. 순순히 대답하면 원래대로 몸을 되돌려주마."

조폭의 혈도를 누른 정단오는 손짓으로 철문 바깥에 서 있던 이지아를 불렀다.

문밖에서 정단오의 활약을 지켜본 그녀는 잔뜩 상기된 표정이었다. 아직까지 양 뺨이 붉게 물들어 있을 정도였다.

하나 정단오는 바로 지시를 내렸다.

"이자가 진실을 말하는지 판단해야 한다."

"지금부터요?"

"네 역할이 중요하다. 집중해라."

막무가내로 책임을 맡긴 정단오는 다시 조폭사내를 내려다보았다.

"암시장이 열리는 위치를 알고 있나?"

"그, 그게…… 모릅니다. 정말입니다!"

대답을 들은 정단오는 고개를 돌려 이지아와 눈을 맞췄다. 방금 전의 말이 진실인지 알아내라는 뜻이었다.

이제 막 능력을 각성한 이지아로서는 너무 빠른 실전이었다.

그러나 여기서 머뭇거릴 순 없었다.

'짐이 되고 싶진 않아.'

굳은 결심으로 입술을 깨문 이지아가 목걸이를 어루만졌다. 은빛 펜던트가 그녀의 손길에 반응하는 것 같았다.

"해 볼게요."

당차게 입을 연 그녀가 눈을 감았다.

이지아는 두근거리는 마음을 가라앉히며 집중력을 끌어올렸다.

정해진 방법 따위는 없었다.

그저 본능 깊숙이 숨겨진 힘을 느끼고 다스릴 뿐이다.

쏴아아아—

고요한 선실에 기묘한 소리가 맴돌았다.

은빛 펜던트에서 무형의 에너지가 뿜어지며 나타난 현상이었다.

이지아는 목걸이에서 생성된 에너지에 몸을 맡겼다.

굳이 어렵게 생각할 필요는 없었다. 정단오와 연습을 할 때처럼만 하면 되는 것이다.

말로는 설명할 수 없는 방법에 따라 그녀의 능력이 발현되었다.

"뭐, 뭐할라고?"

조폭은 불안한 표정으로 이지아를 쳐다봤다. 저절로 튀어나온 반말이 그의 두려운 마음을 대변해 주고 있었다.

하지만 은빛 펜던트에서 흘러나온 기운은 보이지 않는 손길처럼 조폭사내의 몸을 감쌌다.

"……."

그리 길지 않은 시간이 흐르고, 침묵을 지키던 이지아가 입을 열었다.

"거짓이에요."

"알겠다."

정단오는 바로 고개를 끄덕였다. 이지아의 능력을 완전히 신뢰하는 것이다.

그는 뭐가 어떻게 돌아가는지도 모른 채 떨고 있는 조폭에게 담담한 음성으로 말했다.

"내 이름을 걸고 약속한다. 넌 십 분 안에 모든 진실을 말하게 될 것이다."

이것이 사형선고나 다름없다는 사실을 아는 것일까?

조폭사내는 새하얗게 질린 얼굴로 주변 상황을 살폈다. 그러나 어디에도 빠져나갈 구멍은 보이지 않았다.

4장
암시장

말하는 족족 진실인지 거짓인지 판단된다면 어떤 기분일까? 아마 귀신에 홀린 것 이상으로 공포를 느낄 것이다.

　혈도가 점해진 채 정단오와 이지아 앞에 앉아 있는 조폭사내는 극도의 두려움을 경험하고 있었다.

　무슨 말을 하든 이지아가 진실 여부를 정확히 맞춰 냈기 때문이다.

　"끈질기게 거짓을 말하는군. 그래도 조폭이라고 근성이 있다, 이건가?"

　정단오는 계속되는 사내의 거짓말을 결코 봐주지 않았다.

　능력을 사용하지 않는 범위 안에서 확실한 응징을 가할

생각이었다.

스윽—

꾸우욱!

손가락을 뻗은 그가 조폭의 혈도를 찍었다. 몸을 마비시킨 혈도와는 달리 엄청난 고통을 주는 요혈을 누른 것이다.

"끄으으, 크아아악—!"

갑작스레 찾아온 통증에 조폭사내가 울부짖기 시작했다.

수만 마리의 벌레가 온몸을 갉아먹는 것 같은 고통이 느껴졌기 때문이다.

그의 절규는 삼십 초 동안 계속되었다.

짧다면 짧은 순간이지만, 고통을 느끼는 조폭사내의 입장에서는 엄청나게 긴 시간이었다.

"허억, 허억!"

겨우 고통에서 벗어나 숨을 몰아쉬는 사내의 귓가로 정단오의 목소리가 들려왔다.

"이제 시작이다."

"무엇이든! 무엇이든 말하겠습니다! 그러니 제발!"

손가락 하나 까딱할 수 없는 상태에서 최악의 통증을 경험했다. 더구나 거짓말은 통하지 않는 상황이다.

여기서 선택할 수 있는 것은 오직 하나밖에 없었다.

결국 백기를 든 조폭은 비굴한 눈빛으로 살아날 길을

모색했다.

"다 대답할 테니 제발 살려만 주십시오!"

"이번에도 거짓을 말하면……."

"절대 그러지 않겠습니다! 부디 한 번만 더 기회를 주십시오!"

이지아가 있는 한 사내는 어떤 수작도 부릴 수 없었다.

그 사실을 잘 아는 정단오는 서두르지 않고 차분하게 질문을 던졌다.

"암시장이 이곳에서 열릴 거라고 들었다. 사실인가?"

"원래라면 그랬습니다. 그런데 오늘 아침 갑자기 장소가 바뀌었습니다."

사내는 사투리 발음을 억제하며 최대한 또박또박하게 말하려 애썼다. 조금이라도 꼬투리를 잡히면 무슨 일이 일어날지 두려웠기 때문이다.

정단오는 그런 사내 앞에 우뚝 선 채로 질문을 이어 갔다.

"바뀐 장소를 말해라. 네가 살 수 있는 마지막 기회다."

"미, 민락동입니다!"

"민락동?"

"그쪽에 광안리 수산 센터가 있습니다. 그래서 매일 생선을 나르는 트럭들이 오갑니다. 밤에는 인적도 드물기에 암시장을 열 만한 최적의 장소입니다."

조폭사내의 말에는 일리가 있었다.

수산 센터가 있는 곳이라면 수시로 트럭들이 오갈 것이다. 거기에 섞여 유물을 운반하면 눈속임을 하기엔 딱이었다.

누구의 생각인지 몰라도 제대로 된 장소를 고른 것이다.

"이지아."

정단오가 이름을 부르자 그녀는 자연스레 펜던트를 잡았다. 고작 몇 번 사이에 능력을 쓰는 게 몸에 배인 것 같았다.

"진실이에요."

정말 탁월한 적응력을 보이며 조폭의 마음을 읽어 낸 이지아가 이마의 땀을 닦았다.

갑작스레 연거푸 능력을 사용하느라 지친 것이다.

"잠시 쉬도록."

정단오는 그녀를 뒤로 밀쳐 낸 뒤 허리를 숙여 조폭사내의 눈을 똑바로 바라보았다.

"이제 대화를 나눌 자세가 됐군."

"알고 있는 걸 말했으니 사, 살려 주십시오."

"아직 묻고 싶은 게 남아 있다."

"이미 다 말했습니다. 히익!"

말을 마치려던 사내는 정단오의 날카로운 눈빛에 겁을 먹고 헛바람을 집어삼켰다.

지금 그는 맹수 앞에서 떨고 있는 먹잇감일 뿐이었다.

"제발 목숨만……."

"너희가 여기 남아 있는 이유는 뭔가?"

"예에?"

"암시장이 다른 곳에서 열리는데 너희 셋은 왜 이곳에 있었냐는 말이다."

"호, 혹시라도 소식을 듣지 못한 바이어가 이쪽으로 올까 봐 남아 있었습니다."

"바이어? 일본 야쿠자들이 구매를 대신 한다고 들었는데, 누가 더 있나 보군."

"야쿠자들이 바이어입니다. 그런데 보통 세 조직 정도는 입찰에 참여하기 때문에……."

새로운 사실을 알게 된 정단오는 눈살을 찌푸렸다.

야쿠자 조직이 셋이나 참여한다면 생각보다 많은 사람과 싸워야 할지도 몰랐다.

사실 암시장에 몇 명이 있든 두렵진 않았다. 다만 능력을 쓰지 않고 싸우려면 조금 귀찮아질 것 같긴 했다.

"야쿠자 조직이 셋이라…… 해운대파 혼자서 감당하기엔 힘들지 않나?"

"거래를 하는 것이니 위험할 일은 없습니다. 어차피 부산은 저희 나와바리니 쪽수에서 딸리지도 않습니다."

"몇 명이나 거래에 참여하지?"

"저희 쪽에서는 열다섯, 그리고 야쿠자들은 조직마다

다섯 명 정도가 나옵니다. 중요한 일이니 똘마니들은 빼고 몸통들만 나섭니다."

투욱!

원하는 정보를 다 얻은 정단오는 예고 없이 사내의 혈도를 눌렀다.

의식을 잃고 쓰러진 조폭사내는 시간이 지나면 원래대로 깨어날 것이다.

"가자."

자신의 말대로 십 분 안에 모든 진실을 알아낸 정단오는 곧장 몸을 움직였다.

이지아는 피로를 느끼면서도 부지런히 그의 뒤를 따랐다.

그들이 떠나간 백상아리 3호. 그 안에는 쓰러진 조폭 세 명만 남겨져 있었다.

조수석에 몸을 실은 이지아의 상태는 점점 안 좋아졌다. 처음 접하는 실전이라 무작정 모든 능력을 끌어냈기 때문이다.

대부분의 능력자들이 첫 실전을 마치면 탈진 상태에 빠지곤 한다.

그나마 이지아는 맡은 역할을 완수했으니 합격점이었다.

"차에서 쉬어라."

"네?"

"암시장엔 나 혼자 들어간다."

"하지만 저도 여기까지 왔는데……."

"그 상태로 도움이 될 것 같나?"

냉정하게 느껴지는 정단오의 말에 이지아가 고개를 숙였다. 잘못을 한 것도 아닌데 괜히 짐이 되는 듯한 느낌이었다.

정단오가 다시 입을 열었다.

"오늘 넌 기대 이상이었다."

뜻밖의 칭찬에 기분이 좋아진 듯 그녀가 슬며시 웃음을 흘렸다.

이럴 때 이지아는 다 큰 여대생이 아닌 어린 소녀 같았다.

원래부터 동안인 외모에 아이 같은 모습이 어울려 색다른 분위기를 자아내는 것이다.

하나 정단오는 무표정하게 차 유리 앞쪽만 바라보았다. 그의 마음은 이미 민락동 수산 센터로 가 있었기 때문이다.

그렇게 침묵 속에서 엑셀을 밟길 얼마나 지났을까.

끼이익—

육중한 레인지로버 차량이 수산 센터 부근의 코너 위로 미끄러졌다.

괜히 비싼 차가 아닌 듯 급격한 코너 길을 부드럽게 통과한 레인지로버는 넓은 주차장 구석에 멈춰 섰다.

차체부터 유리까지 전부 방탄 처리가 돼 있는 검은색 레인지로버. 모든 남자들의 로망이나 다름없는 차에서 정단오가 내렸다.

"오래 걸리지 않을 거다."

"조심해서 다녀오세요."

조수석에 이지아를 남겨 두고 혼자 나온 그는 곧바로 수산 센터 건물을 찾아냈다.

길을 건너 걸어서 십 분 거리 즈음, 어둠에 휩싸인 수산 센터 앞에는 여러 대의 트럭들이 주차돼 있었다.

아마 저 중에 오늘의 매물이 있을 확률이 높았다.

과연 어떤 유물을 팔아넘기려는 것일까?

정단오는 씁쓸한 표정을 지으며 수산 센터 쪽으로 걸음을 옮겼다.

처억.

"어이!"

수산 센터 근처에 다다르자 검은 정장을 입은 덩치들이 정단오를 막아섰다. 봉고차에 타고 있던 조폭 두 명이 경계를 위해 나온 것이다.

"너희뿐인가?"

"뭐라카노? 여기 우리가 빌렸으니까 딴 데로 가라."

조폭 두 명은 거친 손길로 정단오의 어깨를 밀었다.

정단오는 한 발짝 뒤로 물러서며 전체적인 상황을 살

폈다.

눈앞에 있는 두 명과 봉고차 운전석에 앉아 있는 두 명, 모두 합해서 네 명이 전부인 것 같았다.

다행히 그들 외에 다른 사람은 보이지 않았다.

"해운대파."

네 명의 위치를 파악한 정단오가 낮은 목소리로 해운대파의 이름을 읊조렸다. 마지막 확인을 위해서였다.

그의 입에서 조직 이름이 나오자 조폭들의 얼굴색이 변했다.

"혹시 새로 들어온 짭새 아이가?"

"니 어디서 보낸 놈이고!"

정단오의 앞을 막아선 조폭 두 명이 인상을 쓰며 소리를 높였다.

그러나 돌아온 것은 대답 대신 주먹이었다.

퍼퍽! 퍽!

강렬한 타격음과 함께 두 명의 얼굴이 동시에 뭉개졌다.

곧게 뻗은 정단오의 양 주먹이 한 치의 오차도 없이 둘의 인중을 격타한 것이다.

"어억!"

"큭!"

외마디 비명 소리와 함께 균형을 잃은 둘의 신형이 비틀거렸다. 인중을 제대로 맞았으니 당연한 일이었다.

정단오는 그런 두 명을 향해 다시 한 번 양팔을 내질렀다.

퍼억—!

좀 더 묵직한 울림이 터지며 조폭들의 명치에서 뭔가 내려앉는 소리가 들렸다.

연달아 급소를 가격당한 조폭 두 명은 손쓸 도리도 없이 의식을 잃고 쓰러졌다.

정단오는 그들을 지나쳐 봉고차가 있는 쪽으로 다가갔다.

운전석과 조수석에 앉아 있던 조폭 둘은 넋이 나간 얼굴이었다.

난데없이 나타난 남자가 순식간에 동료들을 쓰러트렸으니 놀랄 수밖에 없었다.

"문 잠그고 시동 걸어라!"

"알겠다. 니는 얼른 형님께 전화 넣어라!"

그들은 다급한 목소리를 뱉어 내며 봉고차 안에서 분주하게 움직였다.

한 명은 시동을 걸었고, 나머지 한 명은 핸드폰을 찾아 바깥 상황을 알리려 했다.

그러나 둘의 시도는 계속되지 못했다.

정단오가 괴력을 발휘해 봉고차를 통째로 우그러트렸기 때문이다.

우드드드득!

꽉 닫힌 봉고차의 문짝이 찰흙처럼 울퉁불퉁하게 구겨졌다.

차 안에 갇혀서 그 광경을 지켜보는 조폭들은 기절이라도 하고 싶은 심정이었다.

"이, 이게 인간이가?"

"으아아악!"

그들이 비명을 지르든 말든 정단오는 무표정한 얼굴로 문짝을 뜯어내고 있었다.

오직 육체를 단련시킨 것만으로 이런 힘을 낼 수 있다니. 현대 과학으로도 불가능한 일이지만 오래도록 연마해 온 고대 무술은 정단오를 괴물로 만들어 놓았다.

그는 현실을 뒤엎는 권능을 쓰지 않고도 존재 자체만으로 룰 브레이커(Rule Breaker)나 다름없는 것이다.

콰다당!

끝내 봉고차의 문이 떨어져 나갔다.

무방비 상태로 정단오 앞에 노출된 조폭 둘은 본능적으로 칼을 꺼냈다.

"뒈져라!"

조수석에 앉아 있던 조폭이 발작적으로 칼을 휘둘렀다.

하지만 그따위 조잡한 동작은 정단오에게 전혀 위협이 되지 못했다.

슈욱!

가볍게 칼을 흘려낸 정단오가 수도(手刀)로 상대의 손목을 쳤다.

"큭!"

고통에 찬 신음 소리와 함께 조폭이 들고 있던 칼을 바닥으로 떨어트렸다.

칼을 잃은 사내는 패닉에 빠졌고, 정단오는 그를 끌어내 봉고차 밖에 패대기쳤다.

쿠웅—

둔중한 소리를 내며 땅에 떨어진 그는 게거품을 물고 기절했다.

"으, 으으으……."

운전석에 남아 있는 다른 조폭은 이를 부딪치며 부들부들 떨고 있었다.

꼴사나운 모습을 보이고 있지만, 사실 그는 부산을 장악한 해운대파의 행동대원답게 두둑한 배짱으로 유명한 조폭이었다.

그러나 정단오의 기세를 감당하기엔 모자라도 한참 모자란 상대였다.

마치 하룻강아지가 먹이사슬의 가장 윗자리에 있는 호랑이를 만난 격이었다.

"한심한 놈."

정단오는 조소를 날리며 그의 목덜미를 가격했다.

날카로운 손날에 얻어맞은 조폭은 골이 흔들리는 충격을 느끼며 나락으로 떨어졌다.

아마 의식을 회복해도 며칠은 족히 요양을 해야 할 것이다.

"넷을 정리했으니 스물여섯 정도가 남았겠군."

전광석화와 같은 속도로 바깥의 인원을 처리한 정단오가 혼잣말을 중얼거렸다.

수산 센터 안에 얼마나 많은 조폭과 야쿠자들이 남았을지 계산해 본 것이다.

저벅저벅.

조금도 망설이는 기색 없이 수산 센터 건물로 걸어가는 정단오는 땀방울 하나 흘리지 않았다.

올 블랙으로 맞춘 의상에 대비되는 하얀 얼굴이 어딘지 이질적으로 보일 지경이었다.

인간이되 인간의 한계를 넘어선 정단오.

그가 드디어 부산의 암시장에 강림하였다.

*   *   *

해운대파의 중간 보스인 이필성은 기분이 좋지 않았다.

오늘따라 암시장에 참여한 일본 야쿠자들이 깐깐하게 굴고 있기 때문이었다.

세 조직이 미리 말을 맞춘 듯 까다롭게 나오니 이필성

으로선 골치가 아플 수밖에 없었다.

"이거, 왜들 이러십니까? 물건도 확인했겠다, 금액도 미리 정했겠다. 대체 뭐가 문제인지 모르겠습니다."

그의 입에서 유창한 일본어가 나왔다.

요즘은 똑똑하지 않으면 조폭 세계에서도 대접을 못 받는다. 실제로 해운대파의 행동대장 급 이상은 대부분 일본어를 구사할 수 있었다.

"물건이야 확실하고, 금액도 제대로 준비를 했지요. 문제는 서로 간의 신뢰에 대한 것이오."

"신뢰라니요?"

세 야쿠자 조직을 대표해서 중절모를 눌러쓴 사내가 입을 열었다.

하나 이필성은 어이가 없다는 표정이었다.

하루 이틀 거래를 하는 것도 아니고, 신뢰 타령이라니. 분명 뭔가 구실을 잡아서 이득을 보려는 수작이었다.

"오늘도 갑자기 장소가 바뀌지 않았습니까. 이렇게 불안하면 마음 편히 거래를 할 수가 없지요. 안 그런가요, 필성 상?"

"정확히 하시고 싶은 말씀이 뭡니까? 우리 사이에 빙빙 돌려 말하지 마십시다."

"허허, 필성 상이 그리 말한다면야……. 우리가 원하는 건 별게 아니오. 단지 과도한 수수료가 없어졌으면 하오."

상대의 요구 조건을 들은 이필성은 어금니를 꽉 깨물었다.

저들이 말하는 수수료는 물건의 운반비였다.

거래되는 물건이 국가 유물인 만큼 실제 가격 외에도 운반비 명목으로 수십억 원이 추가되는 것이다.

문제는 바로 그 수수료가 이필성이 몸담고 있는 해운대파의 수입원이란 사실이었다.

"그건 좀 곤란합니다."

"조금이라도 수수료가 낮아졌으면 하는데……."

"일단 오늘 거래를 마무리하고 다음에 다시 이야기하면 안 되겠습니까?"

"허허허, 이왕 꺼낸 이야기인데 여기서 마무리를 짓는 것이……."

끄그그그극一!

하지만 사내는 말을 끝맺지 못했다.

닫혀 있던 수산 센터의 셔터 쪽에서 고막을 찢을 듯 날카로운 소리가 울렸기 때문이다.

"가서 알아봐!"

"네, 형님!"

불길한 기분을 느낀 이필성이 부하들에게 명령을 내렸다.

셔터 문은 이곳의 유일한 출입구였다. 혹시라도 그곳에 문제가 생기면 여러모로 곤란해질 게 뻔했다.

그러나 이필성의 부하들은 움직일 필요가 없었다. 그들이 나서기 전에 셔터 문이 강제로 열렸기 때문이다.

"이게 무슨 일이지요, 필성 상?"

일본 야쿠자들은 예정되지 않던 일이 벌어지자 민감하게 반응했다.

물론 이필성도 예민하긴 마찬가지였다.

암시장이 열리고 있는데 누군가 셔터 문을 열고 수산 센터 안으로 들어온 것이다.

그게 누가 됐든 대가를 치르게 할 생각이었다.

"너 뭐야, 이 새끼야?"

이필성의 입에서 대뜸 욕설이 튀어나왔다.

열 명가량의 해운대파 조직원들과 도합 열다섯 명가량의 야쿠자들도 정체불명의 침입자를 주시했다.

사뭇 살벌한 긴장감이 수산 센터 안을 가득 채웠다.

어지간한 담력으로는 다리가 후들거려 멀쩡히 서 있기도 힘들 것 같았다.

그러나 침입자의 움직임은 여유로워 보였다.

스으윽—

그의 얼굴을 가렸던 어둠이 걷혔다.

모습을 드러낸 침입자, 정단오는 검은 정장 재킷을 벗어 땅에 던졌다.

이어 와이셔츠 단추까지 몇 개 풀어 버린 그가 입을 열었다.

"오늘이 암시장의 마지막 날이다."

정단오의 묵직한 음성이 사형선고처럼 울려 퍼졌다.

야쿠자들은 한국어를 알아들을 순 없었으나 분위기를 미루어 짐작했다.

그때, 이필성이 가래침을 뱉으며 외쳤다.

"캬악— 퉤! 저 새끼 담가!"

"예, 형님!"

일렬로 늘어서 있던 해운대파 조직원들이 정단오에게 달려들었다.

열 명의 덩치가 한꺼번에 달려가는 모습은 정말 위압적이었다.

하지만 정단오는 자리에 그대로 서 있었다.

머지않아 그의 신형이 덩치들에게 뒤덮여 쓰러질 것만 같았다.

그러나 그 순간, 누구도 예상하지 못한 반전이 일어났다.

휘익— 빠각!

첫 번째 공격을 흘려낸 정단오가 예리한 스트레이트 잽으로 조폭 한 명을 쓰러트린 것이다.

선두가 허무하게 무너지자 뒤쪽의 아홉 명은 당황했다.

하나 놀던 가락이 있기에 이내 다들 눈을 부릅뜨고 정단오를 둘러쌌다.

"조져!"

어느 한 명의 외침에 따라 아홉이 우르르 몸을 날렸다. 그래 봤자 동시에 덤빌 수 있는 인원은 네 명이 한계였다.

탓!

제자리에서 점프한 정단오는 공중에서 몸을 비틀며 다리를 뻗었다.

사방의 조폭들을 향해 고대 무술인 선풍각(旋風脚)을 펼친 것이다.

후우웅—

강력한 바람 소리가 터져 나오며 정단오의 발등이 네 명의 관자놀이를 차례로 스치고 지나갔다.

파바바박!

털썩, 털썩.

삼백육십 도로 회전을 마친 정단오가 바닥에 착지했을 때, 그에게 달려들었던 조폭 네 명은 눈을 뒤집고 쓰러져 있었다.

"사시미로 담그라고!"

순식간에 네 명의 부하를 잃은 이필성이 뒤쪽에서 소리쳤다. 그의 외침을 들은 다섯 명의 조폭이 품속에서 기다란 사시미를 꺼냈다.

그러나 정단오는 사시미의 날카로운 칼날 앞에서도 위축되지 않았다.

오히려 기선을 제압하기 위해 먼저 달려들 정도였다.

슉슉, 슈욱!

다섯 명이 동시에 사시미를 휘둘렀다. 한 방이라도 맞으면 그대로 등짝이 꿰뚫릴 것 같았다.

하지만 정단오는 놀랍도록 부드러운 손놀림으로 다섯 명의 칼질을 흘려냈다.

임진왜란이 끝나고 중국 무당파에서 전수받은 정통 태극권(太極拳)을 펼친 것이다.

스르르륵—

자연스럽게 세 명의 칼을 피해 낸 정단오가 양팔을 좌우로 넓게 펼쳤다.

퍼억!

예상할 수 없는 그의 손짓에 조폭 두 명이 목을 맞고 나가 떨어졌다.

정단오는 쉴 새 없이 쏟아지는 칼질 속에서도 자유롭고 부드럽게 움직였다.

마치 춤을 추는 것처럼 동작에 막힘이 없었다.

"좀 뒈져라, 쌍!"

얼마나 답답했는지 조폭들은 거의 울부짖으며 사시미를 휘둘렀다.

연달아 세 번의 칼질이 정단오의 복부를 노리고 들어왔다.

파파팍!

손바닥으로 사시미의 칼등을 쳐 낸 정단오는 그 반동을 이용해 조폭들의 급소를 찔렀다.

홍콩 무협 영화의 주인공처럼 조폭들을 쓰러트린 그는 여유롭게 고개를 까닥거렸다.

일분이 채 지나기도 전에 해운대파 조직원 열 명을 의식 불명으로 만든 것이다.

"너희도 한꺼번에 와라."

몸을 돌린 정단오가 야쿠자들을 향해 선전포고를 날렸다.

한국 말이었지만 그 뜻은 분명했다.

야쿠자들도 이미 무기를 꺼내고 있었다. 그중에는 일본도를 뽑는 놈도 있었다.

"나의 조국에서……."

쉬이익—

일본도를 본 정단오는 눈을 부릅뜨고 야쿠자들에게 쇄도해 들어갔다.

엄청난 속도로 열다섯의 야쿠자와 부딪친 그가 사자후를 터트렸다.

"일본도를 꺼내지 마라!"

퍼퍽! 퍼퍼퍽!

정단오는 야쿠자들 사이를 지그재그로 비집으며 일본도를 뽑은 사람부터 쓰러트렸다.

나머지 야쿠자들은 정단오의 움직임을 제지하지 못했

다. 손을 쓰려고 하면 항상 타이밍이 늦었기 때문이다.

상황이 이렇다 보니 일본도를 든 야쿠자들은 썩은 짚단처럼 우수수 쓰러졌다.

정단오는 그제야 남아 있는 야쿠자들에게 관심을 돌렸다.

콰아앙―!

그의 주먹에서 소림사 비전 절기인 백보신권(百步神拳)이 폭발했다.

백보신권은 전설에 나오는 것처럼 장풍을 쏘는 기술은 아니었다. 그저 육신의 근육을 순간적으로 폭발시켜 어마어마한 파괴력을 내는 권법이다.

능력자의 힘이 아닌 현실의 무술이지만 그 위력은 야쿠자 대여섯을 한 방에 무너트릴 정도였다.

정단오는 자신의 말대로 능력을 쓰지 않고도 싸움을 지배하고 있었다.

꽈앙!

또다시 백보신권이 야쿠자들을 강타했다.

직선으로 뻗은 주먹은 세 명을 쓰러트린 뒤에야 진격을 멈추었다.

"후우―"

해운대파 열 명, 야쿠자 조직 열다섯 명.

사시미와 일본도로 무장한 스물다섯 명의 깡패를 혼자서 끝장낸 정단오는 깊은 숨을 들이마셨다.

"……."

이필성을 비롯해 각기 다른 야쿠자 조직의 대표 세 명은 석상처럼 굳어 있었다.

함부로 움직였다간 부하들과 같은 꼴이 될 것 같았기 때문이다.

그들은 조직의 중간 보스들답게 싸움의 전문가였다. 하지만 지금은 모두 같은 생각을 하고 있었다.

'총이 없으면 저 괴물을 상대할 수 없다.'

이곳이 미국이나 러시아였다면 한바탕 총격전이 벌어졌을 것이다.

그러나 특별한 일이 없으면 총을 들고 다니지 않는 한국에선 어쩔 도리가 없었다.

"원하는 게 뭐고?"

그때, 이필성이 용기를 내서 입을 열었다.

정단오는 기다렸다는 듯 자신의 요구 조건을 말했다. 물론 협상이 아닌 일방적인 통보였다.

"거래를 위해 가져온 현금, 그리고 유물을 실은 트럭."

"그걸 다 먹겠다는 말이가?"

"어차피 너희에게 선택권은 없다."

"이, 이……."

이필성은 피가 나도록 주먹을 꽉 쥐었다. 지금으로선 방법이 없다는 걸 알기 때문이다.

"다 가져가라. 그런다고 이게 끝일 것 같나? 암시장 뒤에 누가 있는지 알면 피를 토할 거다!"

"그건 네가 걱정할 일이 아니다."

정단오는 이필성의 경고를 가볍게 무시했다. 그러고는 뚜벅뚜벅 걸어가서 그의 혈도를 눌렀다.

이어서 야쿠자 중간 보스들까지 모두 기절시킨 그는 한쪽에 놓인 현금 가방을 열었다.

딸칵.

평범한 것보다 훨씬 큰 사이즈의 가방 안에는 일만 엔짜리 지폐가 가득 들어 있었다.

대충 봐도 가방 하나에 몇 억 엔, 한국 돈으로 백억 가까운 현금이 들어 있는 것 같았다.

처억.

정단오는 현금 가방 세 개를 들고 유유히 수산 센터를 빠져나왔다.

암시장을 연 서른 명의 조폭과 야쿠자들은 생선 비린내 속에서 깊이 잠들어 있었다.

정단오에게 당했기 때문에 최소한 하루는 지나야 눈을 뜰 수 있을 것이다.

이것으로 부산의 암시장은 회복 불능의 타격을 입었다.

한국과 일본의 큰손들은 신뢰가 깨진 거래에 다시 참여하지 않을 게 분명했다.

결국 정단오는 활동 자금을 구하면서 암시장이라는 어

두운 부분까지 제거해 버린 것이다.

더욱 놀라운 것은 그 과정에서 능력자로서의 권능을 사용하지 않았다는 점이다.

물론 그가 익힌 무술들은 웬만한 능력보다 강력했고, 거기에 수백 년의 시간이 더해졌으니 놀라운 위력을 낼 수밖에 없었다.

하지만 엄밀히 말해 룰(Rule)을 어긴 것은 아니었다. 어디까지나 육체의 힘을 바탕으로 삼았기 때문이다.

'자금을 확보했으니 이제 사건의 배후를 캐는 일만 남았군.'

현금 가방을 들고 걸어가던 정단오가 밤하늘을 올려다보았다.

부산에 내려온 목적은 모두 달성했다.

지금쯤이면 김상현도 나름대로 조사를 마쳤을 터.

이제 독립유공자들과 아티팩트를 노린 범인을 찾아내는 일만 남은 것이다.

5장
나비효과

"속보입니다. 오늘 새벽, 부산 민락동 수산 센터에서 국가 유물을 밀수하던 조직 폭력배 일당이 검거되었습니다. 그중에는 일본 야쿠자들도 포함돼 있는 것으로 알려져 충격을 주고 있습니다. 한편, 트럭에 실려 있던 유물은 문화관광부로 양도되어 진품 감정을 받는 중입니다. 경찰은 정체불명의 제보자로부터 신고를 받았다고 밝혔으며 자세한 사항은 공식 기자회견에서……."

TV 화면 속에서 기자가 딱딱한 음성으로 뉴스를 전했다.

그러나 속보가 끝나기도 전에 재떨이가 TV를 향해 날아갔다.

콰직!

벽걸이 TV가 박살 났고, 임무를 완수한 재떨이는 바닥에 떨어졌다.

재떨이를 던진 남자는 살벌한 얼굴로 숨을 고르고 있었다.

오성 그룹 기획실장, 이정철.

서른다섯의 나이에 이미 그룹의 후계자 자리를 굳힌 그는 진심으로 분노하고 있었다.

"내가 아침부터 이 따위 뉴스를 봐야 해?"

"면목이 없습니다, 실장님."

이정철에게 고개를 조아리는 사내는 해운대파의 보스인 박종훈이었다.

서울에 머물던 그는 암시장이 털렸다는 소식을 듣자마자 이정철을 찾아왔다.

국가 유물을 일본에 팔아넘기는 큰손인 오성 그룹의 후계자에게 용서를 빌기 위해서였다.

나이로 따지면 박종훈이 훨씬 연장자지만 그런 것은 중요하지 않았다.

해운대파는 이정철과 오성 그룹의 필요에 따라 언제든지 버려질 수 있는 소모품이기 때문이다.

"두 번 다시 이런 실수는 없도록 하겠습니다. 제 목숨을 걸고 맹세하겠습니다."

박종훈은 자존심을 완전히 접었다. 그러나 이정철은 모

욕적인 언사를 계속했다.

"당신 목숨 따위는 중요하지 않아! 지금 그걸 말이라고 하는 거야?"

"실장님, 부디 한 번만 더 기회를……."

"닥쳐! 암시장을 턴 게 어떤 놈들인지나 말해 봐."

"연락을 받기로는 한 명이었다고 합니다."

"한 명?"

"저도 믿기 힘들지만, 사실인 것 같습니다. 맨손으로 멀쩡한 봉고차 문을 뜯었다는 걸 보면 특수부대 출신의 용병일지도 모릅니다."

"나보고 그 말을 믿으라고?"

상식 밖의 보고에 이정철이 인상을 찌푸렸다.

사실 박종훈도 부하들에게 들은 말을 완전히 믿을 수 없었다. 서른 명의 조폭과 야쿠자가 한 사람에게 당했다는 것을 어떻게 납득하겠는가.

그러나 경찰에 연행된 부하들이 모두 똑같은 소리를 하니 환장할 노릇이었다.

아마 경찰도 혀를 내두르고 있을 것이다. 도무지 신뢰할 만한 증언이 없기 때문이다.

"……죄송합니다."

이럴 때는 무조건 잘못을 인정해야 한다. 그것이 산전수전을 다 겪은 박종훈의 노하우였다.

그의 사과가 먹힌 것일까?

이정철의 목소리가 조금은 차분해진 것 같았다.

"박 사장, 내가 지금 기분이면 해운대파를 통째로 조각 내 버릴 수도 있어. 알고 있지?"

"잘 알고 있습니다, 실장님."

"일단 잡혀간 애들은 빼 줄 테니 조금만 기다려. 그리고 당분간 암시장은 올 스톱이야. 일본 쪽과 신뢰를 회복하는 게 우선이니까."

"감사합니다!"

"제일 중요한 게 남았어. 혼자서 암시장을 털었다는 새끼가 누군지 알아내. 무슨 수를 써도 상관없으니까 제대로 된 정보를 가져오라고!"

"마지막으로 주신 기회, 모든 것을 걸고 보답하겠습니다."

박종훈은 비장한 표정을 지었다.

오성 그룹과 이정철은 최대한의 자비를 베풀어 준 셈이다. 여기서 한 번 더 실망을 주면 다음 기회는 없을 게 분명했다.

'이번 일에 내 앞길이 달렸다.'

해운대파의 미래는 물론이고, 자신의 운명이 걸렸음을 직감한 박종훈은 온갖 방안을 떠올렸다.

남아 있는 조직원들과 부산의 인맥을 총동원해서 '그놈'의 정체를 밝히려는 것이다.

그때, 박종훈의 귓가로 이정철의 축객령이 떨어졌다.

"알아들었으면 그만 나가 봐."

"다시 뵐 때는 좋은 소식을 가져오겠습니다."

이정철은 박종훈이 밖으로 나가자 사뭇 심각해진 얼굴로 전화기를 들었다.

이전까지 보여 주던 콧대 높은 그룹 후계자의 모습과는 다른 분위기였다.

따르르릉—

수화기에서 건조한 통화 연결음이 들렸다.

이윽고 익숙한 음성이 이정철의 귓가에 들려왔다.

"오성 그룹 회장실입니다."

"당장 회장님 연결해."

"잠시만 기다려 주십시오, 기획실장님."

회장실의 비서가 전화를 돌렸고, 곧이어 무게감이 느껴지는 노인의 목소리가 울렸다.

"무슨 일이냐?"

"암시장 사건과 관련해서 드릴 말씀이 있습니다."

"해 봐라."

전화기 속 노인, 오성 그룹의 회장은 자신의 아들과 통화를 하는 것임에도 무뚝뚝하기 그지없었다. 세계적인 대기업의 오너라면 이래야 하는 것일까?

그러나 어려서부터 아버지의 냉정함에 익숙해진 이정철은 개의치 않고 용건을 말했다.

"능력자가 개입한 것 같습니다."

"......"

이정철의 보고가 충격적이었는지 회장은 침묵을 지켰다.

하지만 그는 전쟁 같은 사회에서 대기업을 이끌어 온 수장답게 금방 평정을 찾았다.

"확실히 알아봤느냐?"

"정황으로 봤을 때, 유력합니다. 다만 증거를 잡으려면 시일이 걸릴 것 같습니다."

"나는 일본과 연락을 취하마. 너는 이번 주 안에 경찰청장과 식사라도 해라."

"알겠습니다. 더 지시하실 것은 없으십니까?"

"능력자의 개입이 확실해질 때까진 섣불리 움직이지 말거라. 무슨 뜻인지 알고 있겠지?"

"네, 회장님."

이정철은 아버님이라는 말 대신 회장님이라는 호칭을 사용하며 통화를 마무리했다.

전화기를 내려놓은 그는 암시장을 망친 정체불명의 인간을 떠올리며 이를 갈았다.

"네가 누구든, 아무리 대단한 능력자라고 해도 무릎 꿇고 빌게 만들어 주지. 한국에서 우리 오성을 건드리고 무사할 순 없을 거다."

혼잣말을 내뱉은 이정철의 얼굴에 살기가 감돌았다.

정단오의 암시장 습격 때문에 오성 그룹이 움직이게 된

것이다.

뿐만 아니라 일본의 거물들까지 나설지도 모른다. 그들은 복수를 하기 위해서라면 물불을 안 가리는 부류이기 때문이다.

암시장 사건의 여파가 어디까지 번져 나갈지, 아직은 누구도 예측할 수 없었다.

* * *

정단오와 이지아는 M호텔의 객실에서 강영식과 재회했다. 뉴스 속보가 뜨자마자 강영식이 호텔로 달려왔기 때문이다.

정단오는 쓸데없는 말을 덧붙이지 않고 현금 가방 세 개를 보여 줬다.

"환전해서 안전한 계좌에 넣고, 의뢰비와 차 값은 적당히 가져가라."

"네, 마스터. 정말 완벽하게 일 처리를 하셨더군요."

"당연한 일이다."

강영식은 새삼 존경스러운 눈빛으로 정단오를 바라보았다. 그러나 계산은 확실하게 마쳐 둘 작정이었다.

"암시장의 장소가 변경된 것을 확인하지 못했으니 의뢰비는 절반만 받겠습니다. 차는 마음에 드셨는지요?"

"쓸 만했다."

"특별히 신경 써서 준비해 뒀던 것입니다. 웬만한 총알에는 흠집도 나지 않게끔 방탄 처리를 해 놨으니…… 역시 주인은 따로 있던 모양입니다."

"서류는 깔끔하게 정리돼 있겠지?"

"물론입니다. 차를 비롯해서 환전한 돈을 넣어 드릴 계좌까지 깨끗합니다."

강영식의 일 처리가 워낙 꼼꼼했기에 말을 길게 할 필요가 없었다.

대화가 끝났다고 생각한 정단오는 고개를 끄덕이며 그를 내보내려 했다.

한데 그때, 강영식이 표정을 바꾸며 말을 계속했다.

"마스터, 드릴 말씀이 있습니다."

"뭔가?"

"지금은 마스터의 존재가 알려지지 않았습니다만, 이런 식으로 움직이시면 언젠가는……."

"원로회나 다른 능력자들이 내 귀국 사실을 알 것이다?"

"그렇습니다. 그 부분이 염려되지 않으시는지요?"

"전혀."

단호하게 대답한 정단오는 막힘없이 말을 이어 나갔다.

"나는 스스로를 숨길 생각이 없다. 아직 때가 아니기에 수면 아래에서 움직이는 것뿐이다."

"그럼 최종적으로 마스터께서 원하시는 것은 무엇입

니까?"

"두고 보면 알게 될 것이다."

"그게 무슨 뜻인지……."

"나를 한국으로 불러낸 자들이 있다. 그들이 누구냐에 따라 나의 목표도 정해질 것이다."

강영식은 정단오의 말을 이해하기 힘들었다. 독립유공 자들이 죽어 나간 사실을 알지 못했기 때문이다.

그러나 사정을 알고 있는 이지아는 정단오가 무엇을 말 하는지 정확히 이해했다.

'사건의 배후에 거물이 있을수록 단오 씨도 힘을 드러 낼 수밖에 없겠지.'

그녀가 생각한 것처럼 독립군 후손들을 죽인 범인이 비능력자라면 정단오는 최대한 자신의 모습을 숨길 것이 다.

하지만 그 뒤에 능력자가 있다면 정단오는 모든 힘을 폭발시킬지도 모른다.

이지아는 제발 그런 일이 일어나지 않기만을 기도했다.

"흠흠."

그때, 침묵을 깨고 강영식이 다시 입을 열었다.

헛기침을 한 그는 정단오의 얼굴을 쳐다보며 자신의 뜻 을 밝혔다.

"마스터의 뜻이 그렇다면 저와 K.I.도 최선을 다해 돕 겠습니다. 우선은 때가 될 때까지 마스터의 존재가 알려지지 않도록 연막을 치는 것부터 시작하겠습니다."

"우리의 의뢰는 끝나지 않았나? 굳이 고생을 하려는 이유가 뭔지 궁금하군."

"K.I.를 전국적인 조직으로 만들려면 기회가 필요합니다. 마스터라면 그 기회를 제공해 줄 수 있을 거라고 믿습니다."

"위험한 선택이다."

"인생은 도박이고, 부산 사나이는 태생적으로 도박꾼이지요."

강영식은 자신의 직감을 믿었다.

그가 생각하기에 정단오는 대한민국 능력자 세계의 판도를 바꿀 것 같았다.

K.I.의 도약을 위해서는 모험을 해 볼 가치가 있었다.

"좋다. 필요한 일이 있으면 연락하지."

"어떤 일이든 맡겨만 주십시오."

정단오는 깊게 가라앉은 눈빛으로 강영식을 주시했다.

그의 검은 눈동자가 마치 강영식의 내면을 구석구석 살펴보는 것 같았다.

'약삭빠르긴 해도 신뢰를 저버릴 인물은 아니다.'

판단을 내린 정단오는 강영식에게 손을 내밀었다. 악수를 청하는 동작이었다.

꽈악.

맞잡은 둘의 손이 떨어지고, 말보다 많은 것들이 눈을

통해 전해졌다.

그렇게 눈빛으로 대화를 나눈 둘은 서로를 동료로 인정했다.

오늘의 약속이 언제까지 지속될지는 알 수 없지만, 적어도 당장은 같은 배를 타기로 한 것이다.

"너에게 줄 수 있는 것이 많지 않을지도 모른다."

"걱정 마십시오. 선택에 대한 책임은 온전히 제 몫이니까요."

강영식은 정단오의 엄포를 부드럽게 받아넘겼다.

그 정도 자신감이 없으면 감히 정단오와 손을 잡을 생각도 못했을 것이다.

"그럼 전 이만 가 보겠습니다."

"수고했다."

간략하게 인사를 마친 강영식이 호텔 룸을 빠져나갔다.

이제 객실 안에는 정단오와 이지아뿐이었다.

둘은 서울로 돌아가서 어떻게 움직일지 대화를 나눌 필요가 있었다.

먼저 입을 열어 질문을 던진 사람은 이지아였다.

"단오 씨, 우린 언제 서울로 올라가나요?"

"내일 즈음 돈이 들어오면 바로 움직일 생각이다."

"서울에서는 계획이 있어요? 자금을 구했으니 앞으로 어떤 일을 할지 알고 싶어요."

"전에 말한 것처럼 사건의 배후를 밝히고, 범인을 찾아

내면 된다. 모든 일이 끝나면 너도 일상으로 돌아갈 수 있겠지."

"말은 쉽죠. 그렇게 되기까지 얼마나 걸릴 것 같아요?"

"지금으로선 확답을 줄 수 없다."

"휴우……."

이지아는 한숨을 쉬며 고개를 저었다.

한데 그때, 시간이라도 맞춘 듯 정단오의 핸드폰에서 벨소리가 울렸다.

따르르릉—

무미건조한 기본 벨소리가 객실을 가득 채웠다.

정단오는 품에서 핸드폰을 꺼내 발신자를 확인했다.

김상현.

익숙한 그 이름이 액정에서 깜빡이고 있었다.

"나다."

"네, 마스터. 부산에서 하신 일은 뉴스를 통해 확인했습니다."

"그런가."

"한 건 제대로 하셨더군요. 미리 언질을 주셨으면 좋았을 텐데 말입니다."

"그리 큰일도 아니었다."

"역시 마스터십니다. 그건 그렇고, 급히 서울로 올라오십시오. 중요한 단서를 찾았습니다."

"중요한 단서?"

"살해당한 독립군 후손의 부검 결과가 은폐됐던 것 같습니다. 국과수의 제보를 검찰이 의도적으로 무시했을 확률이 큽니다."

"알겠다. 내일 서울에서 만나자."

"기다리고 있겠습니다."

전화를 끊은 정단오는 한동안 말없이 앉아 있었다. 기다리던 연락을 받았지만 기분이 좋지 않았기 때문이다.

'큰판이 벌어지겠군. 국과수와 검찰이라…… 어디서부터 시작을 해야 하나.'

이런저런 생각을 마친 정단오는 이지아를 바라보았다.

예사롭지 않은 통화 내용을 들은 그녀는 기대 어린 얼굴을 하고 있었다.

"무슨 전화였어요? 혹시 사건의 단서가 나온 거예요?"

"내일 국과수로 간다. 자세한 것은 가면서 설명해 주마."

"국립 과학 수사 연구원이요?"

"잘 아는군."

무심하게 대답한 정단오는 피곤하다는 듯 눈을 지그시 감았다.

이지아는 묻고 싶은 게 많았지만 내일로 미룰 수밖에 없었다. 어차피 서울로 가는 차 안에선 충분한 설명을 들을 수 있을 것이다.

부산에서의 마지막 밤은 국과수라는 단어를 남겨 둔 채 흘러가고 있었다.

국립 과학 수사 연구원.

드라마나 영화에서 심심하면 활용된 덕에 한국에서 그 이름을 모르는 사람은 없었다.

그러나 국과수에서 일하는 연구원들도 사실은 직장인이나 마찬가지다. 다만 하루에도 몇 구의 시체를 본다는 게 다를 뿐이었다.

"맥주 한잔하고 가는 거 어때?"

"다음에요. 오늘 부검을 했더니 피곤해서요."

"그래? 알겠어. 내일 보자구."

"네. 조심해서 들어가세요."

잡담을 나누며 퇴근하는 연구원들은 평범한 사람들과 구분이 불가능했다.

하나 정단오는 정확하게 자신이 만나야 할 사람을 찾아냈다.

"최미영."

"누구시죠?"

큰 키로 최미영의 앞길을 가로막은 정단오는 다짜고짜 본론을 꺼냈다.

"김지훈의 부검을 담당했고, 의문점을 발견해 검찰에 제보한 연구원이 맞나?"

"대체 누구세요? 경찰이나 검찰에서 나왔나요?"

검은 뿔테 안경에 가려진 최미영의 하얀 얼굴이 당혹감으로 물들었다.

그때, 정단오의 등 뒤에 서 있던 이지아가 나섰다.

"너무 놀라지 마세요. 우린 이상한 사람들이 아니에요."

"그 말이 더 이상하게 들리는 거 알아요?"

"조금만 진정하세요. 그저 묻고 싶은 게 있을 뿐이에요."

아무래도 같은 여자인 이지아가 나서자 최미영도 안정을 찾는 것 같았다.

하지만 여전히 경계 어린 눈길로 정단오와 이지아를 번갈아 쳐다보고 있었다.

"이게 다 단오 씨 때문이에요. 그런 식으로 갑자기 말을 걸면 다들 놀란다구요."

"돌려서 말하는 재주 따윈 없다."

"그래요. 말을 꺼낸 내가 잘못이죠."

이지아는 최미영의 긴장을 풀어 주기 위해 일부러 화제를 돌렸다.

그게 효과가 있었는지 최미영의 안색은 한결 밝아져 있었다.

"이제 좀 괜찮아요?"

"네. 아깐 많이 놀라서……. 그보다 정말 어디서 오신

분들이에요?"

"저는 이지아라 하구요, 여긴 정단오 씨예요. 저희는 김지훈 씨의 죽음에 대해 의문을 갖고 있는 사람들이죠."

"역시 형사이시군요."

이지아는 최미영의 추측에 대해 아니라고 대답하려 했다. 하지만 정단오가 손짓으로 그녀를 제지했다.

최미영이 자신들을 형사라고 생각하는 쪽이 여러모로 편하기 때문이다.

"조용한 곳으로 가서 이야기하지."

"……알겠어요."

정단오의 제안에는 거절하기 힘든 위압감이 담겨 있었다.

또한 최미영도 김지훈의 부검 결과에 의문을 품고 있던 터라 금방 고개를 끄덕였다.

"커피 나왔습니다."

종업원이 가져온 아메리카노를 사이에 두고 잠시 침묵이 흘렀다.

국과수 근처의 카페로 자리를 옮긴 세 사람은 섣불리 입을 열지 않았다.

결국 커피가 식은 뒤에야 정단오가 말을 꺼냈다.

"김지훈의 부검 과정에서 의문점이 있었다고 들었다."

"그랬죠."

최미영은 정단오의 반말을 자연스레 받아넘겼다.

원래라면 당연히 따졌을 일이지만, 너무 당황한데다 정단오의 분위기가 워낙 특이했기 때문이다.

그녀는 커피 잔을 만지작거리며 말을 이었다.

"처음 시신을 봤을 때부터 뭔가 이상했어요. 평소와는 다른 느낌이 들었으니까요."

"어떤 느낌이지?"

"왠지 사연이 있는 시신 같았어요. 연구원인 제가 이런 말을 하는 게 우습지만."

"부검에서 발견된 의문점은 뭐였나?"

"그게……."

정작 중요한 물음 앞에서 최미영이 말끝을 흐렸다. 그러나 정단오는 재촉하지 않고 가만히 앉아 있었다.

한참 동안 입술을 깨물고 있던 최미영은 심호흡을 했다.

그녀의 태도로 보건대, 상당히 중요한 이야기가 나올 것 같았다.

"검찰에서는 의문사로 결론을 내렸지만, 제가 봤을 땐 타살 가능성이 높았어요. 문제는 사인(死因)이 뭐였냐는 것이죠."

"공식적인 사인은 급성 심장마비라고 들었다."

"맞아요. 하지만 부검에서 특이한 게 발견되었어요. 흉부에 압박을 받은 자국이 있었거든요."

"누군가 흉부를 압박해서 심장마비를 유도했다는 말인가?"

"확신할 순 없어요. 그렇지만 검토해 볼 필요는 있었죠."

의미심장한 말을 들은 정단오는 눈을 빛내며 질문을 던졌다.

그는 이번 단서를 절대 놓치지 않을 생각이었다.

"어떤 식으로 압박이 있었지? 심장마비를 유도할 만한 압박이라면 도구를 썼을 것 같은데."

"그것이 문제였어요. 대체 어떻게 흉부를 압박했는지 밝혀낼 수 없었거든요. 시신에 의심스러운 흔적은 있었지만, 그 자체로는 무엇도 증명할 수 없으니까요."

"그래도 압박흔이 있다면 검찰에서 재수사를 지시할 가능성이 높지 않나?"

"검사의 성향에 따라 다르죠. 귀찮은 일을 나서서 떠맡을 검사가 몇 명이나 되겠어요."

"그 사건, 담당 검사가……."

"김현수 검사였어요."

"김현수."

정단오가 낮은 음성으로 김현수라는 이름을 곱씹었다.

어쩌면 김현수 검사에서부터 사건 은폐가 시작됐는지도 모른다.

"마지막으로 하나 더 확인하고 싶은 것이 있다."

"뭔가요?"

"부검 사진을 보고 싶다."

"그건 영장이 없으면 보여 드리기 힘들어요."

최미영은 어떻게든 정단오를 돕고 싶었다. 그런 마음이 없었다면 카페까지 오지도 않았을 것이다.

하지만 국과수의 원칙을 어길 순 없었다.

잘못하면 연구직을 박탈당할지도 모르는 일이다. 정상적인 절차를 요구하는 게 당연했다.

"지금 시점에서 영장이 나올 리가 없다."

"그래도 영장 없이는……."

형사인 척하기로 작정한 정단오가 단호하게 말하자 최미영이 난감한 표정을 지었다.

이러지도 저러지도 못하는 상황. 바로 여기서 이지아의 진가가 드러났다.

"이러는 건 어때요? 우리에게 부검 사진이 있는 위치만 알려 주세요."

"설마 영장 없이 사진을 볼 생각인가요?"

"그건 걱정하지 말구요."

이지아는 천연덕스러운 태도로 최미영을 구슬렸다.

갈등하던 최미영은 끝내 고개를 끄덕일 수밖에 없었다. 김지훈의 석연찮은 죽음이 그녀의 양심을 건드렸기 때문이다.

사실 이지아의 제안은 눈 가리고 아웅을 하자는 격이었다.

그러나 어찌 되었든 최미영은 원칙을 어기지 않아도 되고, 정단오와 이지아는 사진의 위치만 알면 그것을 찾아낼 자신이 있었다.

일석이조라는 말이 딱 들어맞는 것이다.

물론 국과수 내부에서 사진을 찾아내지 못하면 말짱 헛일이 되고 만다.

하지만 정단오는 그럴 가능성 따위는 생각하지도 않았다.

"좋은 생각이군."

이지아의 의견을 칭찬해 준 그가 짙은 눈동자를 번뜩이며 최미영을 바라봤다.

무섭도록 강렬한 정단오의 시선 앞에서 최미영은 조심스레 사진이 보관돼 있는 위치를 말했다.

"육 개월 이내의 부검 자료들은 본관 일층 105호에 있어요. 그런데 정말 위치만으로 사진을 확인할 수 있나요?"

"걱정할 필요 없다."

"죄송해요. 별다른 도움이 되지 못해서……."

"아니, 충분하다."

정단오는 최미영의 말을 자르며 의자에서 몸을 일으켰다. 카페에 더 앉아 있을 이유가 없었기 때문이다.

"큰일은 아니겠죠, 형사님?"

"사진을 봐야 알 수 있겠지."

최미영은 정단오가 형사라고 철석같이 믿고 있었다.

그러나 형사가 아니라고 해서 나쁠 건 무엇이겠는가.

경찰과 검찰이 손도 대지 않는 진실을 파고드는 사람이니 말이다.

"그럼 가 볼게요."

"네……."

이지아와 최미영이 의례적인 인사를 나눴고, 정단오는 이미 카페 밖으로 나가 있었다.

국과수 본관 105호.

또다시 새로운 목표가 생겼다.

정단오와 이지아는 느린 것 같아도 한 발짝씩 진실에 다가가고 있었다.

스으윽— 타앗!

검은 그림자가 국과수의 담벼락을 가볍게 뛰어넘었다.

어둠 속에서 은밀히 착지한 그림자의 주인은 다름 아닌 정단오였다. 야심한 시간을 틈타서 국과수 본관 105호에 잠입하려는 것이다.

그러나 105호까지 가는 데에는 만만찮은 장벽들이 기다리고 있었다.

굼뜬 경비들의 이목을 속이는 건 쉽지만 국과수 전역에

설치된 CCTV와 적외선 센서는 꽤나 까다로운 장치였다.

'오 분 안에 진입한다.'

오래 끌어 봐야 좋을 게 없는 일이다.

그렇기에 오 분이란 시간을 정한 정단오는 날카로운 눈길로 국과수 본관 건물을 살폈다.

'경비는 모두 세 명. 한 명은 입구를 지키고, 나머지 두 명이 삼십 분 간격으로 순찰을 돈다. 바로…… 지금!'

터벅터벅.

정단오의 계산대로 발걸음 소리가 지척에서 들려왔다. 순찰을 담당한 경비가 이곳 근처를 지나가는 것이다.

"흡!"

아주 미세한 소리를 내며 숨을 들이마신 정단오는 담벼락과 동화되었다.

마치 정단오의 신형이 담벼락에 스며든 것 같았다. 그 정도로 어떤 인기척도 풍기지 않고 완벽하게 은신한 것이다.

뛰어난 눈썰미로 이쪽을 수색하지 않는 한 정단오를 발견하기란 어려운 일이었다.

"뭐, 오늘도 별거 없구만."

역시 경비는 혼잣말을 중얼거리며 건성으로 순찰을 마쳤다. 매일 지겹도록 반복하는 순찰을 꼼꼼하게 할 리가 없었다.

'경비 다음은 CCTV다.'

정단오는 경비가 사라진 본관 입구를 유심히 바라보았다.

입구 위쪽에 설치된 CCTV는 모든 출입자의 움직임을 촬영할 수 있을 것 같았다.

하늘을 날아서 입구 바로 앞에 떨어지지 않는 한 CCTV를 피할 순 없었다.

그러나 정단오는 상식에 얽매이지 않고 해결책을 찾았다.

까짓것 하늘을 날아서 CCTV의 범위를 지나치면 되는 것이다.

꾸욱.

발뒤꿈치로 땅을 깊게 누른 그는 CCTV의 촬영 각도를 계산했다.

적어도 5미터 이상 날아가야 촬영되지 않고 입구에 다다를 수 있을 것 같았다.

'간다.'

마음을 먹은 정단오는 오래 망설이지 않았다.

땅을 박차고 뛰어오른 그의 신형이 깃털처럼 가볍게 공중을 갈랐다.

쉬이이익—

정말 놀라운 순간 점프력이었다.

여유롭게 5미터 높이로 날아오른 정단오는 본관 입구에 착지를 시도했다.

아무리 대단한 점프를 했어도 착지하면서 소란을 일으키면 경비들이 달려올 것이다.

가장 중요한 순간, 정단오는 미끄러지듯 부드러운 동작으로 땅에 내려섰다.

스르륵.

공중을 날아서 착지했는데도 소음 따위는 발생하지 않았다. 그야말로 신기에 가까운 모습이었다.

하나 정단오는 담담한 얼굴로 본관 입구의 유리문을 바라보고 있었다.

평소처럼 무작정 문을 부술 순 없는 상황이다.

번호 키 방식으로 잠금이 되어 있는 유리문을 어떻게 통과할 것인가.

잠시 고민하던 그는 고개를 숙이고 번호 키를 유심히 관찰했다.

'……보인다!'

고도의 집중력을 발휘하자 정단오의 시각이 새로운 차원으로 활성화되었다.

그의 눈은 현미경처럼 번호 키의 모든 것을 읽어냈다.

사람들이 늘 같은 비밀번호를 누르기에 몇몇 숫자는 유독 닳아 있었다.

평범한 사람은 절대 찾아낼 수 없는 차이였지만, 정단오의 예리한 시각을 피할 순 없었다.

'2, 4, 7, 9. 문제는 숫자의 순서다.'

닳아 있는 숫자 네 개를 알아낸 정단오는 지체하지 않고 손가락을 뻗었다.

숫자 네 개면 엄청나게 많은 경우의 수가 나온다. 그것을 일일이 계산해서 비밀번호를 맞출 순 없었다.

그렇기에 정단오는 손가락으로 기의 흐름을 감지했다.

수십 명의 사람들이 매일 똑같은 번호를 누르면 일정한 기운이 생성될 수밖에 없다.

완벽한 방법은 아니지만, 네 개의 숫자를 알아낸 상태에서는 기의 흐름을 감지해서 비밀번호를 유추해 볼 수 있었다.

적어도 무작정 번호를 누르는 것보다는 훨씬 효율적일 것이다.

지이잉─

정단오의 손가락으로 번호 키 주변의 기운이 감지되며 일정한 흐름이 느껴졌다.

삐익, 철컥!

흐름을 따라 숫자를 누르자 거짓말처럼 번호 키가 작동하며 문이 열렸다.

전문 도둑이 이 광경을 봤다면 혀를 내둘렀을 것이다.

그렇게 정단오는 상상을 초월하는 방법으로 국과수 본관에 진입했다.

이제 남은 것은 적외선 센서뿐이다.

센서에 걸리지 않고 105호까지만 가면 원하는 사진과 자료를 볼 수 있을 것이다.

우득, 우드득.

목을 좌우로 꺾으며 몸을 푼 정단오가 첫 번째 걸음을 내딛었다.

다행히 아직까지는 아무 반응이 없었다.

하지만 무턱대고 움직이면 정단오의 체온을 감지한 적외선 센서가 작동할 게 분명했다.

촘촘한 센서의 감시망을 피하는 방법은 두 가지다.

체온을 발산하지 않는 것이 첫 번째고, 보이지 않는 적외선 그물을 피해 가는 것이 두 번째 방법이다.

정단오는 당연히 두 번째 방법을 선택했다.

그도 사람이기에 체온을 내지 않을 순 없기 때문이다.

그러나 적외선 그물을 피하는 것도 불가능해 보이긴 마찬가지였다.

눈에 보이지도 않는 적외선을 어떻게 피한다는 말인가.

바로 그때, 정단오가 배운 무술이 위력을 발휘했다.

손가락으로 번호 키의 기운을 느낀 것처럼 적외선 그물도 감지하려는 것이다.

기의 흐름을 느끼고 파악하는 것은 무술에서 기본이 되는 공부였다.

중국과 한국의 고대 무술은 엄밀히 말해 능력은 아니지

만, 실제로는 능력 이상의 공능을 가지고 있었다.

기운을 감지하고 보는 법 역시 그런 공능의 일부였다.

우웅!

가벼운 진동음이 울리며 정단오의 눈동자가 매우 짙은 색으로 물들었다.

'직선으로 이어진 흐름이 있다. 이것이 적외선인가.'

영화에 나오는 것처럼 불투명한 적외선 그물이 복도를 가로막고 있었다.

그러나 중요한 것은 모든 게 눈에 보인다는 점이다.

보이기만 하면 적외선에 걸리지 않고 움직일 수 있을 것이다.

스윽—

정단오는 신중하게 복도 안쪽으로 다가갔다.

적외선 그물을 피해 서커스를 하는 것처럼 기묘한 동작을 보이며 움직이는 것이다.

그나마 105호가 일층에 있었기에 많이 이동할 필요는 없었다.

모든 장애물을 극복하고 105호의 문 앞에 도착한 정단오는 옅은 미소를 지었다.

여기까지 왔으니 105호의 문을 따는 건 일도 아니었다.

딸깍!

문을 열자 수많은 자료들이 책장에 꽂혀 있는 게 보였다.

불빛 하나 없는 어둠 속에서 원하는 자료를 찾아내는 건 쉬운 일이 아닐 것 같았다.

하지만 정단오는 최미영의 말을 정확히 기억하고 있었다.

'가장 오른쪽에서 두 번째 칸, 거기에 김지훈의 부검 파일이 있다.'

눈을 빛내며 걸어간 정단오는 책장 오른쪽에 꽂혀 있는 파일들을 뒤적거렸다.

날짜별로 정리된 파일 중에서 김지훈의 이름을 찾아내는 것은 그리 어렵지 않았다.

처억.

김지훈의 파일을 펼친 정단오는 준비해 간 휴대용 스캐너를 꺼냈다.

스마트폰 크기의 휴대용 스캐너는 이럴 때 아주 유용하게 쓸 수 있는 전자기기였다.

아직 상용화되지 않은 물건이지만 김상현을 통해 구한 것이다.

부우— 부우우—

휴대용 스캐너가 움직일 때마다 파일 안의 자료와 사진들이 복사되었다.

정단오는 파일을 복사하면서 언뜻언뜻 사진을 확인했다.

최미영의 말처럼 김지훈의 시신에는 흉부 압박흔이 뚜

렷하게 남아 있었다.

일반적인 상식이나 의학으로 설명할 수 없는 미묘한 자국. 대체 어떻게 압박을 해야 가슴에 이런 흔적이 남을까?

정단오는 본능적으로 정답을 알아냈다.

"능력자가 손을 썼군."

싸늘한 목소리로 혼잣말을 내뱉은 그의 눈빛에는 폭발 직전의 살기가 넘실거리고 있었다.

6장
추적

서울 안의 또 다른 서울, 강남.

그곳에는 선택받은 사람들만 살 수 있는 아파트 단지가 모여 있었다.

강남 특구의 아파트 가격은 평범한 서민들로선 꿈도 꾸기 힘들 만큼 어마어마한 것이었다.

특히 각 아파트 단지의 꼭대기 층에 있는 펜트하우스는 웬만한 부자도 넘볼 수 없는 곳이다.

일층에서 펜트하우스로 연결되는 독립된 엘리베이터, 서울 시내가 내려다보이는 완벽한 조망, 원한다면 누구의 방해도 받지 않을 수 있는 프라이버시 보호 시스템.

그렇듯 펜트하우스에 살면 수많은 특권을 누릴 수 있다.

그래서일까?

정단오는 이지아와 함께 지낼 거처로 강남의 펜트하우스를 선택했다.

무엇보다 프라이버시가 철저하게 보호된다는 점이 그의 마음을 움직였다.

강남 최고급 아파트에 거주하는 부자들은 옆집 사람이 누구인지 조금도 신경을 쓰지 않는다.

덕분에 정단오는 펜트하우스에 입주한 날부터 지금까지 동네 주민들과 인사를 나눌 필요도 없었다.

"여긴 정말 도시 속의 섬 같아요."

창밖을 내려다보며 이지아가 읊조린 말은 펜트하우스의 특성을 잘 나타내는 것이었다.

정단오도 그녀의 말에 동의한다는 듯 고개를 끄덕였다.

"우리가 머물기엔 최적의 장소다."

"그건 그래요. 등잔 밑이 어둡다고 해야 하나? 우리가 이런 데서 지낼 줄은 상상도 못하겠죠."

"그렇겠지."

"어서 빨리 사건의 배후를 밝혀내야 할 텐데…… 여기도 좋지만 얼른 부암동 원룸으로 돌아가고 싶어요."

말을 마친 이지아는 뒤를 돌아봤다.

칠십 평가량의 넓은 공간과 깔끔한 원목 가구들은 호텔 스위트룸 못지않았다.

정단오와 함께 지내지만 각자 다른 방을 쓰기에 불편할

일도 없었다.

하지만 그녀는 부암동에 있는 원룸이 더 그리웠다. 수십억짜리 펜트하우스보다 마음 편한 자기 집이 좋은 것이다.

그런 이지아의 심정을 알아챈 듯 정단오가 낮은 음성으로 말했다.

"그리 오래 걸리지 않을 것이다. 그들의 꼬리를 잡았으니까."

"부검 파일을 말하는 거죠?"

"너도 봤겠지만, 김지훈의 가슴에 남아 있는 압박흔은 능력자의 소행이었다. 그 결과를 은폐한 것이 김현수 검사다. 벌써 두 개의 단서가 주어진 셈이지."

"어디서부터 추적을 시작할지 생각해 뒀나요?"

"물론."

정단오는 한 치의 망설임도 없이 대답했다.

너무도 신속한 대답에 이지아가 놀랄 정도였다. 고작 며칠의 시간 동안 계획을 세웠다는 뜻이기 때문이다.

"조금 있으면 내 동료가 올 것이다. 함께 이야기하면 좋겠군."

그는 궁금해하는 이지아에게 동료의 존재를 알렸다. 그 동료가 오면 계획을 상의하자는 말이었다.

때마침 초인종이 울리며 스피커를 통해 낯선 남자의 목소리가 들려왔다.

"미스터, 접니다."

음성의 주인은 전직 CIA 요원인 김상현이었다.

현재는 사설탐정으로 활동하며 정단오를 돕고 있는 그가 방문한 것이다.

역시 정단오로부터 동료라는 호칭을 들을 만한 사람은 김상현밖에 없었다.

삐익.

정단오는 말없이 버튼을 눌렀다.

외부인은 거주자의 허락을 받아야만 펜트하우스로 직통되는 엘리베이터를 탈 수 있기 때문이다.

"지금 오는 분이 단오 씨의 동료인가요?"

"맞다. 믿을 만한 사람이지."

"와아! 단오 씨한테 그런 평가를 받다니, 어떤 사람인지 엄청 궁금해져요."

이지아는 왠지 모를 기대감을 느끼며 펜트하우스의 현관문을 바라봤다.

곧이어 엘리베이터에서 내린 김상현이 현관문 앞으로 걸어오는 소리가 울렸다.

정단오는 곧장 다른 버튼을 눌러 문을 열어 줬다.

띠리리링—

부드러운 음악 소리와 함께 현관문이 자동으로 열렸다.

김상현은 언제나처럼 사람 좋은 미소를 지으며 펜트하우스 안으로 들어왔다.

"새집 냄새가 솔솔 나는군요."

"쓸데없는 소리 하지 말고 자리에 앉아라."

"이거, 왜 이러십니까? 집들이 선물까지 가져온 사람한테……."

정단오와 인사를 주고받던 김상현은 뒤늦게 이지아를 발견했다.

"아, 이지아 씨? 말씀은 많이 들었습니다."

"네……. 안녕하세요."

"저는 김상현이라고 합니다. 마스터의 일을 돕는 사람이니 편하게 대해 주십시오."

"잘 부탁드릴게요."

조금은 어색해하는 이지아와 달리 김상현은 청산유수로 말을 늘어놓았다.

금방 자리에 앉은 그는 다짜고짜 예사롭지 않은 이야기를 꺼냈다.

"암시장을 한 번 털고 펜트하우스를 구입하다니, 대박은 대박입니다. 하하하!"

"부럽나 보군."

"그렇다고 해 두지요. 그나저나 마스터, 암시장의 큰손들이 가만있진 않을 것 같습니다."

"큰손이라면 누굴 말하는 것인가?"

"해운대파 뒤에 오성 그룹이 있다는 건 비밀도 아니고, 문제는 일본 쪽이지요."

"일본이라……."

"야쿠자 조직의 배후에는 칠성회(七星會)가 있습니다. 일본 정계와 재계의 유력 인사들이 모인 곳이니 기를 쓰고 마스터를 추적할 겁니다."

"그 점은 염려하지 않아도 된다. K.I.가 연막을 치기로 약속했다."

"물론 K.I.라면 믿을 만하지요. 하지만 오성 그룹과 칠성회는 능력자들과도 연관이 있는 거물입니다. 주의하셔서 나쁠 건 없다는 말씀을 드리고 싶었습니다."

"기억해 두지."

정단오는 김상현의 조언을 가볍게 듣지 않았다.

그러나 지금 당장은 그보다 더 중요한 문제가 있었다. 독립유공자 살인 사건의 진실을 밝히는 게 우선인 것이다.

"이제 김지훈의 부검 파일에 대해 말할 차례로군."

"네. 제가 여기까지 온 이유도 그것 때문이니까요."

서로 눈을 맞춘 정단오와 김상현은 각자 준비한 것을 꺼냈다.

먼저 정단오는 새롭게 프린트한 부검 파일을 김상현에게 넘겨줬다.

빠른 속도로 파일을 읽은 김상현은 탄식을 흘릴 수밖에 없었다. 능력자가 김지훈을 죽인 게 분명해 보였기 때문이다.

'설마 했는데 능력자들이 사건에 개입했다. 이대로라면 마스터를 막을 명분이 없구나⋯⋯.'

부검 파일을 내려놓은 김상현은 입술을 깨물며 정단오를 쳐다봤다.

만약 정단오가 능력자로서의 권능을 쓰며 사건을 파헤친다면 어떤 일이 벌어질까?

상상하기도 싫지만 이제 그를 만류할 명분이 사라졌다.

그때, 정단오의 목소리가 김상현을 상념에서 깨어나게 만들었다.

"네가 준비한 것은 김현수 검사의 정보인가?"

"그렇습니다. 집들이 선물이라고 생각해 주십시오."

정단오는 김상현이 들고 온 서류 뭉치를 천천히 검토했다. 그 안에는 김현수라는 인간에 대한 모든 것이 담겨 있었다.

단순히 검사로서만이 아니라 김현수의 성적 취향부터 사소한 버릇까지 자세히 적혀 있었다.

"대단하군."

정단오는 진심으로 감탄했다.

김상현의 정보 수집력이야 익히 알고 있었지만 짧은 시간에 이토록 일을 잘 해낼 줄은 기대하지 못했다.

하지만 이 정도 정보가 있다면 김현수의 뒤를 캐는 것은 식은 죽 먹기나 다름없었다.

"우와ㅡ! 한 사람의 인생이 종이에 다 있네요."

뒤쪽에서 서류를 살핀 이지아도 탄성을 터트렸다.

그녀는 어느새 김상현에 대한 어색함을 지워 버린 것 같았다. 타고난 성격 자체가 발랄하고 시원시원했기 때문이다.

김상현도 이지아가 마음에 든 듯 웃음으로 화답했다.

"제가 괜히 마스터의 동료로 인정받는 게 아닙니다. 대단하지 않습니까?"

"네, 정말로요! 이제 김현수 검사의 뒤를 밟기만 하면 되는 거 아닌가요?"

테이블을 사이에 두고 앉은 세 사람은 활발하게 의견을 주고받았다.

역시나 주제는 김현수 검사를 어떻게 처리하느냐였다.

김지훈의 죽음, 나아가 사건 전체의 배후를 알려면 김현수를 낚아야 한다.

그러나 현직 검사를 무작정 납치하는 건 현명한 방법이 아니었다.

정단오와 이지아, 그리고 김상현은 저마다 다른 방법들을 내세우며 토론을 계속했다.

이런 과정을 통해 보다 확실하고 치밀한 계획이 수립되는 법이다.

강남 중심부의 펜트하우스. 그곳에서 대한민국 검사를 낚아챌 계획이 세워지고 있었다.

                    *   *   *

  김현수는 검사다.

  그는 삼십 대 중반에 불과하지만 그렇다고 해서 단순히
정의감에 불타는 풋내기 검사는 아니었다.

  그보다는 윗선과 적절히 타협할 줄 아는 출세지향적 인
물이었다.

  그렇기에 김현수를 함부로 건드릴 순 없었다.

  그가 납치당하거나 갑자기 사라지면 소란이 일어날 건
불 보듯 빤한 일이었다.

  조용히, 은밀하게, 누구의 주목도 받지 않고 김현수를
빼돌려야 한다.

  그것이 정단오가 맡은 까다로운 과제였다.

  '꽤나 타이트하게 움직이는군.'

  이틀째 김현수의 뒤를 쫓는 중인 정단오는 마음속으로
불만을 내뱉었다.

  정해진 스케줄대로 딱 맞춰서 움직이는 김현수의 행동
패턴 때문에 틈을 찾기 힘든 것이다.

  그러나 방법이 없는 것은 아니었다.

  김상현의 정보대로라면 김현수는 오늘 밤 아주 특별한
곳에 방문할 가능성이 높았다.

  바로 서울 시내 최고급 요정(料亭)인 명월관이다.

  명월관은 고풍스런 한옥에 현대식 기생들이 나오는 특

이한 룸살롱이었다.

주로 고위급 인사들이 접대를 받는 곳인데, 김현수는 일주일에 한 번은 꼭 명월관에서 스트레스를 풀곤 했다.

물론 엄청난 술값과 화대는 김현수의 스폰서들이 후불로 계산하는 것이다.

대한민국에서 검사가 되면 내로라하는 기업들이 알아서 스폰서를 자청하는 법이었다.

어찌 됐든 김현수가 명월관에서 노는 시간은 대략 네시간 남짓이다.

정단오는 그 네 시간 동안 김현수에게서 원하는 것을 알아낼 생각이었다.

그때만큼 적절한 타이밍이 존재하지 않기 때문이다.

'역시 움직이는가?'

정단오의 상념이 끝날 때쯤 김현수의 벤츠 차량이 강북쪽으로 움직였다.

차의 이동 방향으로 보아 명월관에 가는 게 분명했다.

역삼동에 집이 있는 김현수가 모든 일정을 마치고 강북으로 갈 이유는 명월관뿐이었다.

부우우웅─

한참 전에 퇴근 시간을 넘긴 도로는 한산했고, 정단오는 검은색 레인지로버의 묵직한 엔진 소리를 들으며 김현수의 벤츠를 추적했다.

적당히 거리를 두고 이동해도 김현수를 놓칠 일은 없었
다. 이미 목적지를 알고 있기 때문이다.

'명월관이 있는 연희동으로 가는 게 확실하다.'

시간이 지날수록 김현수의 목표는 뚜렷하게 드러났
다.

정단오는 여유롭게 차를 운전하며 연희동으로 향했
다.

알짜배기 부자들이 많이 살고 있는 연희동답게 거리는
잘 정리되어 있었다.

이 시간이면 흔히 보일 밤거리의 부랑자들도 눈에 띄지
않았다.

그토록 깨끗하고 곧게 뻗은 거리를 지나 연희동 귀퉁이
에 다다르니 커다란 한옥집이 보였다.

대궐 같은 한옥집의 대문에는 명월관이란 현판이 붙어
있었다.

그 옆의 주차장에는 고가의 외제차들이 즐비했다.

김현수도 다른 외제차들 옆에 벤츠를 세워 놓았다. 그
러고는 차 열쇠를 맡긴 뒤 명월관 안으로 들어갔다.

김현수의 동태를 확인한 정단오는 한옥집에서 조금 떨
어진 곳에 차를 세웠다.

레인지로버에서 내린 그는 맨몸으로 명월관 입구까지
걸어갔다.

이렇게 걸어서 명월관 입구까지 온 손님은 정단오가 유

일할 것이다.

그래서인지 대문 앞의 지배인은 의아하다는 얼굴로 정단오를 바라보았다. 하지만 특별히 티를 내진 않았다.

혹시라도 정단오가 고위층일지 모르니 예의를 지키고 보는 것이다.

"어떻게 오셨습니까?"

"조용히 시간을 보내고 싶다."

"혹시 예약은……."

처억.

정단오는 긴말하지 않고 백만 원짜리 수표 한 장을 지배인의 셔츠 주머니에 넣었다.

충분한 재력이 있으니 걱정하지 말라는 뜻이었다.

"안으로 모시겠습니다."

수표를 받은 지배인은 허리를 숙이며 공손하게 말했다.

돈이 있고 진상을 부리지만 않으면 누구든 명월관의 손님이 될 수 있다.

손님들의 비밀을 지켜 주는 명월관의 영업 방침상 자질구레한 신분 확인 따위는 할 필요가 없었다.

"생각보다 규모가 크군."

"감사합니다."

내부로 들어선 정단오는 명월관이 밖에서 보는 것보다 훨씬 넓다고 느꼈다.

고풍스러운 한옥 전각들과 아름다운 정원, 그리고 술집

이지만 와자지껄하지 않은 분위기는 뭔가 달라도 다른 것 같았다.

특이한 점은 그뿐만이 아니었다.

종업원들은 꼭 필요할 때가 아니면 밖에 모습을 드러내지 않았다. 손님들의 프라이버시를 보장해 주기 위해서였다.

드르륵—

그때, 정단오를 안내한 지배인이 미닫이문을 열었다.

국화실이라 이름 붙여진 방은 혼자 쓰기엔 지나치게 넓었다. 용도를 알 수 없는 자그마한 별실까지 딸려 있을 정도였다.

그러나 정단오는 별말 없이 국화실에 자리를 잡았다.

"특별히 원하시는 아이가 있으십니까?"

"수다스럽지 않았으면 좋겠다. 시끄러운 여자는 질색이다."

"과묵하고 차분한 아이로 들여보내겠습니다. 잠시만 기다려 주십시오."

지배인이 사라지고 얼마 지나지 않아 술상이 들어왔다.

지나치게 거하고 화려한 술상에는 온갖 종류의 일품요리들이 가득했다.

아마도 궁중 요리의 명인쯤 되는 양반이 주방장으로 있는 모양이다.

그에 곁들여 나온 술도 일반적인 소주 따위가 아니었다.

술 빚는 장인이 정성들여 만든 전통주가 보기 좋게 넘실거리고 있었다.

보통 사람이라면 이미 술잔을 채우고 음식을 집어삼켰을 것이다.

그러나 정단오는 수도승이라도 된 것처럼 술상 앞에 묵묵히 앉아 있었다.

그의 목적은 먹고 마시는 것이 아니기 때문이다.

"들어가도 될까요?"

그때, 문 너머에서 젊은 여자의 미성이 들려왔다.

명월관의 트레이드 마크인 현대식 기생이 준비를 마치고 온 것이다.

"들어와라."

"네."

명월관의 기생들은 이미지 메이킹을 위해 일부러 고전적인 말투를 사용한다.

문을 열고 들어온 기생도 마찬가지였다.

한복을 곱게 차려입은 그녀는 하얀 얼굴에 처진 눈매가 유독 예뻐 보였다.

"유화라고 불러 주세요."

단아한 용모에 옛날 말투, 거기다 유화(柳花)라는 예명이 어울려 정말 조선 시대의 기생 같은 분위기를 연출했다.

정단오는 이채 어린 눈빛으로 유화의 얼굴을 바라보았

다. 하지만 곧 관심을 끄고 고개를 돌렸다.

유화는 다소 냉담한 분위기를 느꼈는지 얼른 술병을 들었다.

"술잔이 비셨네요."

쪼르르—

조심스레 술을 따른 그녀가 자신의 잔을 내밀었다. 그런 모습이 은근히 교태스러웠다.

정단오는 유화의 술잔을 채워 주며 말문을 열었다.

"물어볼 게 있다."

"말씀하세요."

"내가 들어오기 직전에 찾아온 손님이 어느 방에 있는지 알고 있나?"

"갑자기 그건 왜 물으시나요?"

"내 동료인 김 검사 같은데, 맞으면 인사라도 해야지."

"아……."

자연스러운 정단오의 대답에 유화가 고개를 끄덕였다.

워낙 상류층만 방문하는 명월관이다 보니 뜻하지 않게 손님들끼리 알아보는 경우가 있었다.

결국 유화는 의심 없이 정단오가 원하는 말을 해 주었다.

"제 친구인 혜원이 매화실로 들어간다고 했어요. 원하시면 지금 다녀오시겠어요?"

"매화실은 여기서 먼가?"

"우측으로 돌면 바로 나와요."

"그렇군. 조금 있다 인사를 가도 되겠지."

김현수의 위치를 알아낸 정단오는 한결 부드러워진 표정을 지었다.

분위기가 풀렸다고 느꼈는지 유화도 자리에서 일어났다. 방 한쪽에 놓여 있던 가야금을 연주하기 위해서였다.

명월관의 기생들은 각기 연주나 노래, 전통 무용 등의 장기를 지니고 있었다.

유화의 장기는 가야금 연주였고, 이런 식으로 손님의 흥을 돋우는 것이다.

"제가 한 곡 올릴게요."

가야금 앞에 앉은 유화가 생긋 웃으며 고개를 숙였다. 그러고는 능숙한 손짓으로 현을 튕기기 시작했다.

디딩— 디딩—

아름다운 가야금 소리가 국화실 안을 가득 채웠다.

풍류와 낭만을 즐기기에 이보다 더 좋을 수는 없으리라.

그러나 정단오는 유화의 연주를 들으면서도 머릿속으론 김현수에 대한 생각을 멈추지 않았다.

'이런 식으로 두 시간 정도 여흥을 즐기는 게 순서다. 그 다음 두 시간은 기생과 관계를 가진다고 들었다. 이 방에 딸려 있는 별실도 그런 용도일 것이다.'

실제로 국화실 안에도 별실이 마련되어 있었다.

원래라면 두 시간 후에 유화와 정단오는 별실에서 성관계를 가져야 한다.

물론 정단오는 그럴 생각이 없었다.

대신 그 시간을 노려서 김현수를 빼돌릴 작정이었다.

'앞으로 한 시간 반은 편히 있어도 되겠군. 그 뒤에 매화실로 가서 일을 치른다.'

계획을 정리한 정단오는 시선을 돌려 유화의 연주에 집중했다.

차분한 기색으로 진행하는 연주는 꽤나 듣기 좋았다. 명월관에서 오랜 시간 수업을 받은 티가 났다.

보통 남자들이 한 폭의 동양화 같은 유화의 모습을 봤다면 금방 반해 버렸을 것이다.

하지만 정단오는 유화의 미모보다 가야금 소리에 관심을 기울이며 시간을 보냈다.

그러는 동안에도 김현수를 낚아챌 약속의 시간은 점점 가까워지고 있었다.

디이잉—

긴 여운을 남기며 가야금 소리가 멎어들었다.

술을 따르고 연주를 하길 여러 차례. 드디어 유화의 마지막 곡이 끝난 것이다.

그녀는 몇 잔의 술에 취기가 올랐는지 붉게 달아오른 얼굴로 정단오에게 다가왔다.

"안으로…… 들어가세요."

유화의 하얗고 긴 손가락이 별실을 가리키고 있었다.

그녀의 말뜻을 알아들은 정단오는 자리에서 일어나 별실 안으로 들어갔다.

은은한 조명이 켜진 별실의 분위기는 묘하기 이를 데 없었다.

푹신한 비단 침상과 아로마 향기는 이곳의 목적을 분명히 나타내 주었다.

스윽—

그때, 정단오의 뒤를 따라온 유화가 옷고름을 풀었다.

분홍빛 한복 저고리가 땅으로 떨어지고, 유화의 가녀린 어깨가 모습을 드러냈다.

남자라면 누구든 가슴이 쿵쾅거릴 상황이다. 하지만 정단오의 표정은 조금도 변화가 없었다.

"안 불편하세요?"

유화가 질문을 던지며 정단오의 재킷을 벗겼다.

그녀의 손길을 따라 검은색 재킷이 비단 침상 바깥쪽으로 떨어졌다.

이제 유화의 손가락은 정단오의 셔츠로 향하고 있었다.

딸칵.

꽉 물려 있던 셔츠 가장 위쪽의 단추가 풀렸다. 그 열린 틈으로 정단오의 탄탄한 상체가 보일 것만 같았다.

그 순간, 가만히 서 있던 정단오가 손을 뻗었다.

유화는 눈을 감고 그를 기다렸다. 아마 정단오가 자신의 옷을 완전히 벗길 거라고 생각한 모양이다.

실제로 정단오의 손은 유화의 등을 쓰다듬는 것 같았다.

하나 그는 갑자기 손가락을 쫙 폈다.

꾸욱!

정단오의 검지가 유화의 등줄기를 눌렀다.

"아아⋯⋯."

혈도가 눌린 유화는 신음을 흘리며 의식을 잃었다.

정단오는 풀썩 쓰러지려는 그녀를 지탱해 비단 침상 위에 눕혔다.

저벅저벅.

깊은 잠에 빠져 있는 유화를 남겨 두고 정단오의 발자국 소리가 별실 바깥으로 이어졌다.

이윽고 그 소리는 국화실을 지나 김현수가 있는 매화실 쪽으로 움직였다.

'빠르고 은밀하게 움직인다. 두 번의 기회는 없다.'

국화실을 나온 정단오의 머리가 빠르게 회전했다. 다행히 눈에 띄는 종업원은 보이지 않았다.

그는 망설이지 않고 우측으로 돌아섰다.

타닷!

한 걸음에 몇 미터를 족히 이동하는 놀라운 동작으로 매화실 앞에 다다른 정단오는 신중하게 방문을 열었다.

스으윽.

재빨리 매화실 안쪽으로 들어온 정단오는 인상을 찌푸릴 수밖에 없었다.

어지럽혀진 술상이나 텅 비어 있는 매화실 때문이 아니다. 안쪽의 별실에서 들려오는 소리 때문이었다.

"허억, 헉!"

"아으음······."

남자가 만들어 내는 거친 호흡 소리와 여자의 달뜬 교성이 별실 바깥까지 울리고 있었다.

예상대로 김현수는 별실에 들어가 기생과 운우지락을 나누는 중이었다.

절정의 순간으로 다가가는 듯 둘의 신음과 숨소리가 더욱 가빠질 무렵.

벌컥!

별실의 문을 연 정단오가 벼락처럼 몸을 날렸다.

그는 김현수와 기생이 반응할 여지도 주지 않고 둘의 혈도를 후려쳤다.

퍼퍼퍽!

짧고 강렬한 타격음과 함께 둘의 몸이 축 늘어졌다.

그러나 차이점이 있었다.

김현수의 몸 밑에 깔려 있던 기생 여자만 의식을 잃은 것이다.

"읍, 읍읍!"

몸을 움직일 수 없고 말도 못하게 됐지만 김현수의 의식은 멀쩡했다.

정단오는 무슨 말이라도 하려고 바둥거리는 김현수를 냉정한 눈길로 노려보았다.

제아무리 대한민국 검사라도 알몸으로 앉아 있는 지금의 모습은 추하기 그지없었다.

"검사 김현수. 맞나?"

정단오의 질문이 저승사자의 울림처럼 별실을 가득 채웠다.

그러나 넋이 나간 김현수는 여전히 어찌할 바를 몰라 한 채 눈동자만 굴리고 있었다.

콰악!

기어코 정단오의 발길질이 김현수의 옆구리에 꽂혔다.

순간, 말로 설명할 수 없는 고통이 척추를 타고 흐르며 김현수의 사지를 저릿저릿하게 만들었다.

"으으읍……."

비명조차 지를 수 없는 김현수는 겨우겨우 바람 빠지는 소리만 낼 뿐이었다.

"목은 움직일 수 있게 해 놓았다. 맞으면 고개를 끄덕이고, 아니면 저어라. 두 번 말하지 않겠다."

정단오의 말에 김현수가 미친 듯이 고개를 끄덕였다.

상상도 해 보지 못한 상황이 엄청난 공포가 되어 그의 이성을 마비시킨 것 같았다.

알몸으로 성관계를 즐기다 갑자기 사지를 제압당했다면, 게다가 도와줄 사람도 없는 방 안에 갇혔다면 누구라도 두려움에 굴복할 것이다.

설상가상으로 축 늘어진 기생은 죽었는지 살았는지 미동조차 없었다.

물론 기절한 것뿐이지만 김현수의 눈에는 죽은 걸로 보일 수도 있었다.

"시간이 많지 않다. 한 시간 뒤면 종업원이 오겠지. 그러나 희망을 가지지 마라."

허리를 숙여 김현수와 눈을 맞춘 정단오는 사뭇 스산한 음성으로 말을 이었다.

"그때까지 내가 원하는 것을 알아내지 못한다면……난 널 죽이고 사라질 것이다. 알겠나?"

필사적으로 고개를 끄덕이는 김현수는 무엇이든 다 실토할 것 같았다.

하지만 그럼에도 정단오는 신중함을 버리지 않았다.

진실을 판별해 줄 이지아가 없기 때문에 더욱 확실한 방법을 쓰려는 것이다.

우선 김현수의 이성을 지금보다 더 철저히 파괴시켜야 한다. 그가 진실을 말하는 것 외에는 다른 생각을 할 여유조차 줘선 안 된다.

단호한 마음을 먹은 정단오는 손가락으로 김현수의 눈두덩이를 눌렀다.

꽈아악.

"으읍!"

뜨거운 열기와 함께 눈이 마비되자 김현수가 두려움에 미쳐 발악하기 시작했다.

그래 봤자 소리는 별실 밖으로 새어 나가지 못했고, 유일하게 자유로운 목덜미를 이리저리 흔드는 게 전부였다.

짜악!

정단오는 뺨을 때려 김현수를 진정시켰다.

"정신 똑바로 차려라. 시력은 한 시간 뒤에 돌아올 거다. 하지만 대답을 제때 못하면 네놈 목숨은 영원히 돌아올 수 없는 곳으로 가겠지."

살벌한 목소리에 그제야 겨우 현실을 파악했는지 김현수의 떨림이 잦아들었다.

정단오는 그의 시력을 마비시키면서 두 가지 효과를 얻어 냈다.

첫 째는 지금처럼 김현수를 완전히 길들인 것이고, 그 다음은 자신의 얼굴을 기억하지 못하게 만든 것이다.

시력이 마비되면 두뇌는 제멋대로 이미지와 기억을 조작해 낸다. 그렇기에 김현수는 정단오의 몽타주를 똑바로 만들지 못할 게 분명했다.

"이제 대화를 나눌 준비가 된 것 같군."

정단오는 얌전해진 김현수에게서 조금 떨어지며 입을 열었다. 알몸의 남자와 가까이 붙어 있는 것은 유쾌한 일이 아니기 때문이다.

세 걸음 정도 거리를 벌린 그는 본론을 꺼냈다.

"김지훈이란 이름을 기억하는가?"

정단오의 물음이 끝나자 김현수는 조금의 시간을 두고 고개를 끄덕였다.

곧이어 정단오는 준비해 둔 질문을 쏟아 냈다.

김지훈의 죽음과 석연찮은 부검 결과, 그리고 김현수가 최미영의 재검토 요청을 받아들이지 않은 이유까지 모조리 물은 것이다.

비록 고개를 끄덕이는 것에 의지한 문답이었지만 원하던 것들을 충분히 알아낼 수 있었다.

'김현수는 아무것도 모른다. 그저 상부의 지시에 따라 사건을 빨리 덮은 것뿐이다. 문제는 김현수에게 명령을 내린 부장검사와 국회의원이다. 대체 어디서 원하기에 부장검사와 국회의원까지 나서서 사건을 덮었단 말인가.'

오늘 얻은 정보로는 뚜렷한 그림을 그릴 수 없었다.

다만, 능력자가 개입하여 김지훈을 죽인 사건이 대한민국의 최고위층과 관련 있다는 사실만큼은 확신할 수 있었다.

'일단 지금 상황을 마무리 짓는 게 먼저다.'

복잡한 생각들을 정리한 정단오는 품에서 스마트폰을 꺼냈다. 그러고는 알몸으로 앉아 있는 김현수와 뒤쪽의 기생이 함께 나오도록 사진을 찍었다.

찰칵.

핸드폰 사진기의 효과음이 울리자 당황한 김현수가 목을 가로로 저었다.

"놀랄 필요 없다. 오늘 일을 누구에게도 말하지 않으면 이 사진은 공개되지 않을 것이다. 하지만 입을 잘못 놀리면 신문 일면에 현직 검사와 기생의 알몸 사진이 실리겠지."

무엇보다 강력한 카드를 쥐게 된 정단오는 걱정 없이 별실 밖으로 나섰다.

조금 있으면 김현수의 시력과 몸은 원래대로 돌아올 것이다. 물론 기절한 기생도 깨어날 터였다.

이제 국화실로 돌아가기만 하면 된다.

처억.

매화실의 문을 연 정단오는 올 때와 마찬가지로 은밀하고 빠르게 이동했다.

이윽고 국화실에 도착한 그는 셔츠 단추를 몇 개 더 풀고 별실에 들어갔다.

그곳에는 유화가 곤히 잠들어 있었다.

그녀의 혈도를 누르고 꽤 시간이 흘렀으니 머지않아 깨어날 것 같았다.

정단오는 누워 있는 그녀 옆에 앉아서 짧지만 달콤한 휴식을 취했다.

그렇게 얼마간 시간이 지나자 유화가 기지개를 켜며 일

어났다.

"으음……. 어?"

잠에서 깬 그녀는 영문을 모르겠다는 얼굴로 정단오를 바라봤다. 대체 어쩌다 잠이 들었는지 기억이 가물가물했기 때문이다.

그때, 정단오의 나직한 목소리가 그녀의 혼란을 가라앉혔다.

"덕분에 편히 쉬었다."

그는 말을 마치며 수표 몇 장을 유화의 손에 쥐어 줬다. 그러고는 미련 없이 자리에서 일어나 바깥으로 사라졌다.

유화는 귀신에 홀린 것 같아 인사조차 못하고 별실에 앉아만 있었다.

그녀는 이후로도 오래도록 정단오를 기억했다.

하지만 그가 명월관에서 대한민국 검사를 바보로 만들었단 사실은 상상도 하지 못했다.

7장
다각화(多角化)

"이보게, 김 검사. 오늘따라 왜 이리 말이 없어?"

부장검사인 권승목의 호통 아닌 호통에 김현수가 고개를 조아렸다.

그는 며칠 전 명월관에서 당한 일 때문에 아직까지 정신이 없었다.

하지만 이런 자리에서 그 일을 언급할 순 없었다.

입을 잘못 놀렸다간 자신의 인생이 끝장날 수도 있기 때문이다.

"죄송합니다. 요새 일이 많다 보니……."

"그래도 그렇지. 여기 의원님의 잔도 비었는데 말이야."

"이런, 제가 한 잔 따르겠습니다."

김현수는 새삼 놀란 얼굴로 양주병을 들었다. 그러고는 상석에 앉아 있는 국회의원에게 술을 따랐다.

"허허, 김 검사가 따라 줘서 그런지 술맛이 좋구만."

원 샷으로 양주를 비운 국회의원은 웃음을 터트리며 김현수를 쳐다봤다.

서울 동부 지방 검찰청에서 최고로 잘 나가는 부장검사와 평검사도 이 국회의원 앞에서는 아부를 떨 수밖에 없었다.

그가 바로 현직 대통령의 비리 게이트 사건을 앞장서서 막아 낸 여당의 실세, 유명환이기 때문이다.

"유 의원님은 뵐 때마다 더 젊어지시는 것 같습니다."

"그런가? 하긴 피부 관리에 돈을 얼마나 때려 박는데. 요새는 사진이 잘 나오지 않으면 국회의원 노릇도 못하는 세상이야."

"피부 관리보다는 미녀들을 품으시는 게 비결 아니십니까?"

"허허허, 우리 김 검사가 뭘 좀 아는구만. 사실 이쁘장하고 어린 계집들보다 좋은 회춘 약이 어디 있겠나?"

"하하하하! 명언이십니다."

"역시 의원님은 유머 감각도 남다르시군요."

유명환의 시답잖은 농담에도 김현수와 권승목은 과하게 즐거워했다.

그들에게 유명환은 출셋길을 열어 줄 동아줄이었다.

그렇기에 세상에서 가장 썰렁한 농담을 해도 박장대소를 터트릴 수밖에 없었다.

그런 둘의 노력이 먹혔는지 유명환은 계속해서 미소를 짓고 있었다.

"김 검사와 권 검사가 같이 있으니 이렇게 든든할 수가 없어. 앞으로도 계속 자네들만 믿겠네."

"여부가 있겠습니까, 의원님."

"믿어 주시면 절대 실망을 드리지 않겠습니다."

"그런데 말일세……."

두 사람의 변함 없는 충성 맹세를 들은 유명환이 넌지시 말을 돌렸다.

김현수와 권승목은 촉각을 세우고 노회한 국회의원을 주시했다.

예상대로 유명환의 입에서는 예민한 문제가 거론되었다.

"일전에 내가 부탁했던 일은 어찌 되었나?"

"의원님의 부탁이라면……."

"거, 왜 있잖은가. 의문사 사건 하나를 얼른 처리하라고 한 것 말이야."

"아, 네. 김 검사, 어서 말씀드리게."

권승목은 유명환의 부탁이 한 가지가 아니었다는 점을 은근히 강조했다.

짧은 대화에도 정치적인 노림수가 들어 있는 것이다.

한편, 권승목으로부터 발언권을 넘겨받은 김현수는 속이 뒤집힐 지경이었다.

김지훈 사건에 대해 사실대로 말하려면 명월관의 일을 털어놓아야 한다. 하나 그랬다간 이들 앞에서 무능한 인간으로 낙인찍힐 것이다.

결국 김지훈은 유명환이 듣고 싶어 할 말만 골라서 하기로 결정했다.

"그 사건이라면 담당 부검의가 재검토를 요구했지만 묵살했습니다. 이미 수사가 종결된 사건이니 신경 쓰지 않으셔도 될 것입니다."

"흐음, 담당 부검의가 재검토를 요구했다고?"

"형식적인 절차였습니다. 그 뒤로는 별다른 클레임이 없었습니다."

"그래, 알겠네. 그 일에 대해서는 김 검사에게 보답이 있을 게야."

"감사합니다."

유명환이 말한 보답은 동기들보다 빠른 진급을 뜻하는 것이었다.

실제로 동부 지청엔 김현수가 곧 부부장검사로 승진할 거라는 소문이 파다하게 퍼져 있었다.

법적으로는 정치권과 철저히 구분된 검찰청이지만 그들은 늘 당대의 여당에 빌붙어 왔다.

권력을 심판해야 할 검사들이 도리어 하수꾼 노릇을 하

는 게 대한민국의 현실이었다.

심지어 권승목과 김현수는 자신들의 행태를 부끄러워하지도 않았다. 그저 당연한 일로 여기는 것이다.

"그런데 의원님, 그 사건을 덮으려는 이유가 무엇인지 여쭤도 되겠습니까?"

찌릿.

충실한 졸개 노릇을 하던 김현수가 눈치 없는 질문을 던지자 권승목이 눈을 부라리며 주의를 줬다.

하지만 때는 이미 늦었다. 벌써 유명환의 주름진 얼굴이 불쾌함으로 일그러지고 있었다.

"우리 김 검사가 호기심이 넘치는구만."

"죄, 죄송합니다."

"내가 평생을 정치 바닥에 있으면서 얻은 교훈이 하나 있다면…… 자기 주제를 알아야 한다는 걸세. 김 검사, 자네가 내게 질문을 던질 만한 위치라고 생각 하는 게야?"

"제 생각이 짧았습니다. 용서해 주십시오, 의원님."

"다시는 실수하지 말게."

순식간에 분위기가 굳어 버렸다.

그러나 권승목이 시기적절하게 나서며 유명환의 기분을 풀려고 노력했다.

"의원님, 김 검사가 아직 젊지 않습니까? 그래도 두 번 실수하는 사람은 아닙니다."

"허허, 내가 너무 오버를 한 것 같네. 아무렴 사람이 살다보면 실수도 하는 게지."

"역시 이해해 주시는군요. 자, 제 잔을 받으시고 기분 푸십시오."

"이미 다 잊었네."

"하하하! 화끈하십니다, 의원님."

권승목과 유명환은 주거니 받거니 값비싼 양주를 물처럼 들이켰다.

물론 오늘의 술값은 국민들의 세금으로 계산될 것이다.

국회의원의 의정 활동비는 이런 데 쓰라고 나오는 것이니 말이다.

그 틈에서 김현수는 자중하는 척하며 바쁘게 머리를 굴렸다.

'대체 무슨 일이기에 유 의원이 이렇게 발끈하는 거지? 정체불명의 인간이 날 노린 것부터 보통 일이 아니라고 생각했지만…… 아무래도 김지훈 사건을 다시 살펴봐야겠어.'

이윽고 텐프로라 불리는 미녀들이 방 안에 들어왔고, 술자리의 분위기는 더욱 달아올랐다.

하지만 김현수는 평소와 다른 생각을 하며 술자리가 끝나기만을 기다렸다.

절대 검사로서의 사명감 때문은 아니었다. 혹시라도 유명환의 약점을 잡을지 모른다는 욕망 때문에 김지훈 사건을 다시 살피려는 것이다.

부패와 비리로 점철된 술자리. 거기서도 각자의 마음은 엇갈리고 있었다.

*　　*　　*

"조사를 마쳤습니다, 마스터."

늘 그렇듯이 서류 뭉치를 한 가득 들고 나타난 김상현이 밝은 목소리를 내며 펜트하우스로 들어왔다.

이지아는 그에게 눈인사를 건네면서 막 끓인 커피를 내왔다.

강남의 펜트하우스에서 서울 시내를 내려다보며 가지는 커피 타임이라······.

듣기에는 낭만적이었지만, 실상은 그렇지 못했다.

커피를 마시며 오가는 이야기가 상상을 초월한 것이었기 때문이다.

"김현수가 말한 부장검사는 같은 동부 지청의 권승목입니다. 검사들 사이에서도 정치권과 가까이 지내는 걸로 말이 많은 인물이지요. 당연하게도 타의 추종을 불허하는 야망과 권력욕을 지니고 있습니다."

김상현은 이지아가 직접 구운 쿠키를 먹으며 고급 정보를 늘어놓았다.

그 표정만 보면 동네에서 친구와 수다를 떠는 것 같았다.

터억.

커피 잔을 내려놓은 정단오도 김상현처럼 아무렇지 않은 얼굴로 입을 열었다.

"국회의원 유명환은?"

"그게 절묘하더군요. 권승목이 줄을 대는 정계 쪽 인사가 바로 유명환이었습니다. 김현수의 말대로 두 명이 한 세트인 셈이지요."

"둘 사이에도 서열이 있을 터. 누가 머리인가?"

"유명환입니다. 그는 단순한 국회의원이 아니라 여당의 실세예요, 실세. 권승목이 부장검사라고 해도 고개를 숙일 수밖에 없는 인물이지요."

"그렇다면 국회의원이 주체가 돼서 김지훈 사건을 덮었다는 말인데……."

"수상한 일입니다. 유명환이 김지훈과 관련될 만한 건더기는 보이지 않거든요. 하지만 제가 누굽니까!"

"뭔가를 찾아냈군."

김상현이 호들갑을 떨자 정단오가 눈을 빛내며 기대감을 드러냈다.

잠자코 앉아 있던 이지아도 고개를 빼고 앞으로 나올 말을 기다렸다.

잠시 동안 둘의 시선을 즐긴 김상현은 손가락으로 브이 자를 그렸다.

"유명환이 가지고 있는 차명 계좌에 거액이 입금됐습니

다. 평소의 정치자금이나 비자금과는 달리 갑작스런 입금이었기에 포착할 수 있었지요."

"갑자기 거액이 들어왔다?"

"누군가 유명환에게 로비를 했고, 그 대가로 김지훈 사건을 은폐한 것 아니겠습니까?"

"그럴 가능성이 높군."

"아쉽게도 돈의 출처는 알아내지 못했습니다."

"김현수처럼 유명환도 심문하면 된다."

정단오는 단순하고 과감하게 일을 처리할 생각이었다. 그러나 김상현은 걱정스런 얼굴로 다른 의견을 제시했다.

"마스터, 김현수와 유명환은 경우가 다릅니다. 일단 유명환은 거물 중의 거물입니다. 게다가 룸살롱에서도 문밖에 경호원들을 세워 놓습니다. 경호원 따위야 처리하면 그만이지만, 문제는 소란이 일어날 수밖에 없다는 거지요."

"아무리 그래도 혼자 있는 시간은 있을 텐데? 그때를 노려서 낚아채면 되지 않나?"

"유명환이 완전히 혼자 있는 시간은 없는 것이나 마찬가지입니다. 늙은이가 어찌나 의심이 많은지 잠시의 틈도 허락하지 않는 성격입니다."

"골치 아프게 됐군."

"물론 마스터께서 이것저것 재지 않고 움직인다면 손쉽게 유명환을 낚아챌 수 있을 겁니다. 하지만 그렇게 되면 원로회가 마스터의 존재를 알게 되겠지요."

"원로회는 조금도 두렵지 않다. 김지훈의 죽음에 능력자가 개입한 이상 나도 모든 것을 걸고 사건을 파헤칠 것이다. 그러나……."

한숨을 쉬며 뜸을 들인 정단오는 김상현과 이지아를 한 번씩 쳐다본 뒤 말을 계속했다.

"그러나 아직은 나를 드러낼 때가 아니다. 내가 나서는 순간, 거대한 전쟁이 시작될지도 모른다. 그것을 감수하려면 확실한 적이 누구인지 먼저 알아내야 한다."

"마스터의 뜻을 알겠습니다. 그렇다면 지금처럼 원로회의 이목을 속이면서 유명환을 건드릴 방법을 찾아보겠습니다."

"어떻게든 그가 혼자만의 시간을 가지도록 만들어라. 그러면 김현수에게 했던 것처럼 내가 은밀히 손을 쓸 수 있다."

"노력해 봐야지요."

그렇게 유명환에 대한 이야기는 일단락되었다.

어느덧 커피는 식었고, 쿠키 그릇도 바닥을 드러냈다.

이지아는 마치 안주인처럼 커피와 쿠키를 새로 내왔다.

그녀는 십 년 가까이 혼자 살았기에 요리를 비롯해 다과를 만드는 솜씨도 훌륭했다.

"오늘 보니 지아 씨와 마스터가 꼭 신혼부부 같아 보입니다."

"쓸데없는 소리."

"뭐라구요? 농담도 무슨 그런 농담을 하세요!"

김상현의 농담에 둘이 비슷하면서도 다른 반응을 보였다.

정단오는 무심하게 농담을 흘렸지만, 이지아는 얼굴이 빨개지며 어쩔 줄 몰라 했다.

그 모습이 재밌는지 김상현의 낄낄거리는 소리가 커피 테이블 위로 퍼졌다.

결국 그는 이지아에게 한 소리를 듣고 나서야 웃음을 멈췄다.

"자꾸 그러면 다시는 커피나 쿠키를 안 드릴 거예요!"

"앗! 치사하게 먹는 걸로……. 알겠습니다. 노여움을 푸시지요, 지아 씨."

끝까지 장난스럽게 사과를 한 김상현은 얼른 쿠키로 손을 뻗었다.

전직 CIA 요원이었던 중년인과 능력자 여대생 사이의 말다툼이 끝나자 정단오가 다시 입을 열었다.

"유명환은 그렇게 처리하기로 했고, 권승목은 방치해도 되는 건가?"

"아, 권승목 말입니까? 일단은 그냥 놔둬도 될 것 같습니다. 어차피 헤드는 유명환이니 그쪽을 집중적으로 파야지요."

"최대한 빨리 일을 진행시켰으면 좋겠다."

사소한 것 하나도 놓치지 않고 꼼꼼하게 확인한 정단오는 화제를 바꾸었다.

"중점 관리 대상인 독립유공자들은 별일 없겠지?"

"걱정 마십시오. 조금만 수상한 기색이 보여도 바로 연락이 올 겁니다. 위급 상황이 벌어져도 웬만하면 막아 낼 아이들로 골라서 파견했습니다."

"능력자가 직접 움직이지 않는 한 안전하다는 말이로군."

"그렇지요. 사실 능력자가 움직이면 어떤 조치를 해 놔도 무의미하니……."

김상현의 말을 끝으로 잠시 침묵이 감돌았다.

범인들은 한동안 움직이지 않고 있지만 언제 다시 사냥을 시작할지 모른다.

그전에 먼저 사건의 배후를 알아내야 한다.

시기가 늦으면 또 다른 희생자가 생길지도 모르는 일이었다.

"김상현, 너는 유명환을 노리는 데 전력을 다해라. 네가 밑그림을 그려 놓으면 내가 마무리를 짓겠다."

"알겠습니다. 그럼 당분간은 휴식을 취할 예정이신지요?"

"나와 이지아는 따로 할 일이 있다."

"따로 할 일이라시면?"

"김지훈을 죽인 능력자가 누구인지 알아볼 생각이다."

"하긴, 그런 식으로 사람을 죽이는 건 흔치 않은 기술이지요. 하지만 그 능력자를 추적하다 보면 원로회의 눈에 띄지 않겠습니까?"

"원로회의 입김이 미치지 않는 곳을 이용해 봐야지."

"설마…… 그들과 접촉할 생각이신지요?"

정단오는 김상현의 물음에 대답하지 않고 커피로 입술을 적셨다.

그 뜻은 무언의 긍정이 분명했다.

한데 김상현이 평소와는 달리 다소 과민하게 반응했다.

"그들이 마스터에게 호의적일 거라는 확신이 있으십니까?"

"글쎄, 부딪쳐 봐야 알 것 같군."

"최악의 경우, 불필요한 싸움을 해야 할지도 모릅니다."

그때, '그들'이 누구인지 모르는 이지아가 궁금증을 참지 못하고 나섰다.

"대체 그들이 누구인데요?"

그녀의 호기심은 오래지 않아 해결되었다.

정단오가 이지아를 데리고 '그들'을 찾아 나섰기 때문이다.

"진짜 그런 사람들이 있다구요?"

"없는 이야기를 지어내진 않는다."

"그래도 믿기 어려운걸요. 원로회의 통치에 협력하지 않고 숨어 사는 능력자들이 있다니……. 그 대신 공식적으로 능력을 사용할 수 없다구요? 원래 힘을 가지면 쓰고 싶기 마련이지 않나요?"

"그보다 자신들의 정신적 자유를 더 중요하게 여기는 것이지. 이해 못할 일은 아니다."

"아무튼 그런 부류의 사람을 찾아 봤자 소용없는 거 아니에요? 숨어 살면서 능력을 안 쓰는 사람들한테 무슨 도움을 받겠어요."

"능력을 쓰게 만들면 된다."

모순적인 이야기를 이처럼 간단하게 말하는 사람은 정단오밖에 없을 것이다.

이제는 어느 정도 그의 태도에 적응한 이지아는 그저 고개를 내저을 뿐이었다.

어차피 정단오가 자기만의 방식으로 일을 해결하리라고 판단했기 때문이다.

끼이이익—

한참을 달린 레인지로버가 멈춰 섰다. 어느새 목적지에 도착한 것이다.

차에서 내리니 주변에 보이는 것은 산과 계곡뿐이었다.

강원도의 외딴 마을은 영화나 소설에 나오는 것처럼 은거기인이 살 것 같은 심산유곡이었다.

"강원도에 이런 곳이 있었네요. 요즘 세상에 지도에도

안 나오는 마을이 있다니, 진짜 신기해요."

"우린 더 들어가야 된다."

"그럼 차는 왜 세운 거예요?"

"차가 들어갈 수 없는 곳으로 움직일 것이다."

"네에? 설마 눈앞에 보이는 산골짜기로 가자는 말은 아니겠죠?"

"정답이다."

태연하게 말을 마친 정단오는 성큼성큼 걸음을 옮겼다.

이지아는 한숨을 쉬면서도 그의 뒤를 따라갈 수밖에 없었다.

들꽃과 잡초가 무성한 논밭을 지나 인적이 드문 산길로 올라가니 풍경이 확 바뀌었다.

밖에서 보던 것보다 나무들이 훨씬 빽빽하게 자라 있는 것이다.

더군다나 이름 없는 산치고는 경사가 꽤 높았다.

청바지를 입고 온 이지아가 산길을 헤쳐 나가기엔 무리가 있을 것 같았다.

결국 정단오가 그녀의 앞에서 길을 만드는 수밖에 없었다.

그는 양손을 칼처럼 휘두르며 나뭇가지를 쳐 냈다. 그러고는 튼튼한 다리로 새로운 길을 만들었다.

"고마워요."

"어차피 가야 했을 길이다."

아무렇지 않은 말투로 이지아의 인사를 받아 낸 정단오는 묵묵히 산을 탔다.

이지아도 땀방울을 흘리며 부지런히 움직였다.

혹시라도 뒤처지지 않기 위해 그녀 나름의 최선을 다하는 것이다.

그렇게 때 아닌 등산이 두 시간 넘게 계속되었다.

정단오는 산을 타기 전과 똑같은 모습이지만, 이지아는 지친 기색이 역력했다.

"아직 멀었어요?"

"금방이다."

"휴우—"

한숨을 내쉰 그녀는 다시 한 번 힘을 짜냈다.

그로부터 삼십 분이 더 흐르고, 드디어 시야 저편에 산골 마을이 들어왔다.

만약 저 마을도 목적지가 아니라면 이지아는 쓰러지고 말 것 같았다.

"저기 맞죠? 무조건 저기가 맞아야 해요."

"힘들었나 보군. 저곳이 맞으니 안심해라."

"하아, 진짜 찾기 힘든 곳에 마을이 있네요. 두 번 오라고 하면 쓰러지겠어요."

"숨어 사는 사람들이니 별 수 없다."

"그런데 단오 씨는 여기를 어떻게 알았어요?"

"이들은 아주 오래전부터 이곳에 모여 살았다."

"얼마나 오래요?"

"원로회가 한국에 진입한 시점부터 은거를 선택한 사람들이다. 나 역시 이들의 기원을 알지 못할 정도다."

쉽게 말해 아무리 못해도 수백 년 이상의 역사를 지녔다는 것이었다.

이지아는 눈을 크게 뜨고 먼발치의 산골 마을을 유심히 지켜봤다.

워낙 오지에 있는 마을이지만 겉보기엔 평범해 보일 뿐이었다.

"얼른 가요."

힘든 것도 잊었는지 이지아가 힘차게 발을 내딛었다.

정단오는 피식 웃음을 흘리면서 앞으로 나아갔다.

수백 년이 넘는 세월 동안 강원도의 심산유곡에 갇혀 있던 마을로 들어서는 것이다.

"어디서 온 손님이시오?"

마을의 입구에 들어서자 개량 한복을 입은 중년인이 나타나 길을 막았다.

중년인 너머로 언뜻 다른 사람들이 보였지만, 그뿐이었다. 초대받지 않은 손님에게 관심을 주는 이는 아무도 없었다.

정단오는 이것이 첫 번째 관문임을 직감하며 입을 열었다.

"촌장을 만나고 싶다."

"요새 바깥에선 예의란 것을 가르치지 않소? 젊은 양반이 입이 짧소이다."

중년인은 정단오의 말투가 마음에 들지 않는 듯 인상을 찡그렸다.

그는 마치 사극에서 튀어나온 인물 같았다.

개량 한복뿐 아니라 전반적인 태도 전체가 조선 시대에 머물고 있는 느낌이었다.

그러나 정단오는 당황하지 않았다.

"촌장에게 내 이름을 전해 주기만 하면 된다."

"댁의 이름이 무엇이든 이곳에 들어올 순 없소이다. 어디서 뜬소문을 듣고 찾아온 능력자인 것 같은데, 이만 돌아가시오."

"뜬소문이라……. 이곳에 대해 나만큼 잘 알고 있는 사람도 드물 것 같다만."

"오만하오! 진정 경을 쳐야 돌아가겠소?"

중년인의 개량 한복이 펄럭거리며 무거운 기운이 끓어올랐다.

근처에 서 있던 이지아가 느낄 만큼 분명하고도 강렬한 기세였다.

타악.

그때, 정단오가 이지아의 앞을 막아서며 가볍게 손을 휘둘렀다.

놀랍게도 그의 손짓 한 번에 무거워지던 공기가 원래대로 돌아왔다.

일시적이나마 중년인의 기운이 해소된 것이다.

"이, 이런……!"

생각지도 못한 상황에 중년인의 평정이 깨졌다.

그는 이전과 달리 날카로워진 눈매로 정단오를 노려봤다.

고작 이십 대 중반의 남자가 손짓만으로 자신의 기운을 흩트렸으니 위험한 상대라고 판단한 것이다.

"예로부터 선자불래(善者不來), 내자불선(來者不善)이라고 하였소. 불순한 의도를 품고 온 것이라면…… 더 이상의 경고는 하지 않을 것이오."

중년인이 다시금 한복을 펄럭이며 기운을 일으켰다.

원래 이곳 사람들은 원로회의 통치를 거부한 채 은거하면서 능력을 쓰지 않기로 합의했다.

하지만 언제나 예외는 있는 법.

지금처럼 자신들의 은거지가 위험에 처했다고 생각될 때에는 능력을 써도 되는 것이다.

"싸울 생각인가?"

"먼저 도발을 했지 않소!"

"그저 촌장을 만나고 싶을 뿐이다. 내 이름을 전하라는 게 도발이었나?"

"예의범절도 모르는 자의 이름을 어찌 촌장님께 전한단

말이냐!"

한결 같은 정단오의 태도에 참다못한 중년인이 조선 시대 선비처럼 불호령을 터트렸다.

소란이 일어나자 뒤쪽의 마을 주민들도 하나둘씩 입구를 주시하기 시작했다.

'어떡하려고 일을 이렇게 만드는 거지?'

계속되는 대치에 이지아는 불안하기 짝이 없었다.

그러나 정단오는 조금의 표정 변화도 없이 여유로운 모습이었다.

"세월이 흘렀어도 이곳의 방침은 변함이 없군. 아직도 예의범절을 목숨같이 여길 줄은 몰랐다."

"그 말은…… 역시 원로회에서 보낸 사람인가?"

"아니, 원로회의 눈을 피해 온 사람이다."

정단오의 그 말 한마디에 분위기가 묘하게 변했다.

원로회의 눈을 피해서 왔다면 적은 아닐 가능성이 높았다.

중년인이 난감해하는 가운데 이 모든 상황을 즐기고 있던 정단오가 자신의 이름을 밝혔다.

"촌장에게 정단오가 왔다고 전해라."

"정단오?"

어디서 들어 본 이름 같았는지 중년인이 고개를 갸웃거렸다.

일 분이 넘도록 정단오의 이름을 되뇌던 그는 마침내

생각이 난 듯 손바닥을 부딪쳤다.

짜악, 하는 소리와 함께 중년인의 음성이 마을 입구를 울렸다.

"설마 그 정단오!"

"그래, 내가 그 정단오다."

"왜 진작 말하지 않았소?"

"예의가 없다며 말할 기회도 주지 않았잖나."

"그것은…… 아무튼 여기서 기다리시오. 촌장님을 뵙고 오겠소이다."

말문이 막힌 중년인은 곧장 마을 안쪽으로 뛰어갔다.

예상 외로 일이 잘 풀리자 이지아는 안도의 한숨을 내쉬었다.

"이게 다 단오 씨의 태도 때문이에요."

그녀의 귀여운 질책에도 정단오는 어깨를 으쓱거릴 뿐, 반성하는 기미가 없었다.

과정이야 어찌 됐든 목적은 달성했다.

이제 남은 일은 이 마을의 촌장을 기다리는 것뿐이었다.

8장
강원도 선비촌

정단오와 이지아는 촌장의 집으로 초청받았다.

마을 사람들은 오랜만의 손님을 신기한 눈길로 쳐다보았고, 입구에서 막아섰던 중년인도 한층 호의적인 태도로 변했다.

"그런데 이 마을의 이름은 뭔가요?"

마을에서도 가장 구석에 있는 촌장의 집을 향해 걸어가는 도중 이지아가 질문을 던졌다.

그에 대답한 것은 입구에서부터 길 안내를 시작한 중년인이었다.

"이곳은 선비촌이오."

"선비촌? 특이한 이름이네요."

"이 땅의 마지막 선비들이 명맥을 이어 가는 곳이라

그렇소."

설명을 하는 중년인의 음성에는 자부심이 가득 담겨 있었다.

이지아는 호기심을 느끼며 물음을 이어 갔다.

"마지막 선비들이요? 그게 정확히 무슨 뜻이에요?"

"말 그대로요."

중년인의 단답을 보충해 준 것은 정단오였다. 그가 입을 열어 이지아의 궁금증을 충족시켜 준 것이다.

"이곳은 조선 유림(儒林)의 후계자들이 모여 만든 마을이다."

"우와, 그럼 진짜 말로만 듣던 선비들이란 거네요!"

"선비 중에서도 능력을 타고난 사람들이지. 물론 마을 사람 모두가 능력자인 것은 아니다. 그보다는 선비 정신을 지키며 은거한다는 게 더 중요하다."

정단오의 말을 들은 이지아는 신기하다는 듯 주위를 두리번거렸다.

그러고 보니 남자들도 머리를 땋거나 관을 썼고, 모든 마을 사람들이 한복을 입고 있었다.

전기와 수도가 들어온다는 점을 제외하면 21세기임에도 조선 시대와 별다를 게 없는 풍경이었다.

"이런 곳이 있다는 게 알려지면 방송국에서 난리가 나겠어요. 청학동은 비교도 안 되잖아요."

"알려질 일은 절대 없소이다."

앞서 가던 중년인이 이지아의 말을 받았다. 그러고는 손을 들어 집 한 채를 가리켰다.

아무래도 그곳이 촌장의 집인 것 같았다.

"촌장님께서 기다리고 계시오."

"같이 들어가지 않나?"

"안내만 하라고 말씀하셨소."

"그렇군."

건조한 대화가 끝나자 중년인은 미련 없이 몸을 돌렸다.

정단오도 뒤를 돌아보지 않고 걸음을 옮겼다.

"같이 가요, 단오 씨."

잠시 멍하게 마을을 둘러보던 이지아가 그의 뒤로 따라 붙었다.

둘은 고풍스런 기와집 마당에 들어섰다.

그들의 인기척을 느꼈는지 곧이어 방문 하나가 열리며 꼬장꼬장한 인상의 노인이 얼굴을 드러냈다.

"오셨으면 들어오질 않고?"

잔뜩 쉰 목소리를 낸 노인은 금방이라도 죽을 것처럼 주름이 자글자글했다.

그러나 단정하게 땋아 올린 백발과 형형한 눈빛만큼은 젊은이 못지않았다.

"몇 대 촌장인가?"

정단오는 대뜸 노인에게 질문을 던졌다.

선비촌에서는 있을 수 없는 일이지만 노인은 허허 웃음을 터트리며 대답해 주었다. 정단오의 진정한 정체를 알기 때문이다.

"이십육 대 촌장이외다."

"오래도 이어졌군. 십구 대 촌장과는 안면이 있었다."

"그러셨소? 세월의 무상함을 느끼겠구려."

"그런 것 따위 잊은 지 오래다."

두 사람은 선문답을 하듯 유별난 방식으로 인사를 주고받았다.

그런 후에 정단오와 이지아는 신발을 벗고 방 안으로 들어갔다.

촌장이 앉아 있는 방은 교과서에 나와도 될 것 같은 모습이었다.

한국 민속촌이나 사극 세트장을 강원도 산골에 옮겨 놓아도 이보다는 못할 것이다.

"갑작스런 손님이라 대접할 게 없어 민망하외다."

낡은 병풍을 등지고 앉은 촌장이 뜨거운 차를 우려내며 말했다.

사실 그가 따라 준 차는 돈 주고도 마실 수 없는 귀한 것이었다.

살짝 맛을 본 이지아가 깜짝 놀랄 정도였다.

"차 맛이 정말 깊은데요?"

"허허, 젊은 처자가 산중의 다향을 아는구먼."

"정말이에요. 단오 씨도 마셔 봐요."

그녀의 권유에도 불구하고 정단오는 찻잔을 들지 않았다. 대신 날카로운 눈빛을 뿜어내며 촌장을 마주 바라봤다.

"내가 왜 이곳에 왔는지 궁금하지 않나?"

"어찌 아니 궁금할 수 있겠소이까? 전설로 여겼던 사람이 눈앞에 나타났으니. 하나 한 가지는 분명히 말해야겠구려."

"뭐지?"

"아무리 불멸의 권능을 지닌 사람이라 하여도…… 합당한 설명 없이 선비촌에 방문했다면 대가를 치러야 할 거외다."

"지금 나를 협박하는 건가?"

"전통을 지키기 위해 원로회의 간섭도 거부하고 스스로 은거한 우리들이오. 그만큼 내부에서 쌓아 온 힘은 만만치 않다는 것을 잊지 않았으면 좋겠구려."

촌장은 정단오를 앞두고도 크게 위축되지 않았다.

상대의 정체를 알기에 존중을 표하면서도 선비촌에 대한 자부심은 꼿꼿이 유지하는 것이다.

실로 선비다운 촌장의 태도에 정단오는 불쾌해하지 않고 흡족해했다.

"과연, 세월이 흘렀어도 선비촌의 명맥은 제대로 이어지고 있었군."

"허허허, 갑작스레 칭찬을 하니 어찌 받아들여야 할런지……."

"촌장, 내가 선비촌에 온 목적은 다름이 아니다. 우리가 서로 도움을 주고받을 수 있다고 생각했기 때문이다."

"도움이라?"

촌장은 선뜻 이해하기 어렵다는 얼굴이었다.

그는 손가락으로 이마에 생긴 주름살을 문지르며 정단오의 본심을 물었다.

"우리에게서 무엇을 원하는 게요?"

"그전에 내가 무엇을 줄 수 있는지부터 말해 주고 싶군."

"이곳을 벗어나지 않는 우리가 무슨 도움을 원하겠소?"

촌장의 말은 정곡을 찌르고 있었다.

선비촌은 태생부터 은거를 위한 마을이었다. 이곳의 사람들이 타인의 도움을 필요로 할 가능성은 극히 낮았다.

그러나 정단오는 자신만만한 표정이었다.

"선비촌의 숙원을 알고 있다."

"우리의 숙원이라면……."

"십구 대 촌장에게 들었지. 보아하니 아직까지 그 숙원을 이루지 못한 것 같다만."

"……."

촌장은 말없이 정단오를 응시했다.

순식간에 방 안의 공기가 얼어붙었고, 아직 능력이 약

한 이지아는 가슴이 답답해질 지경이었다.

대체 선비촌의 숙원이 무엇이기에 촌장의 기세가 이토록 급격히 변한 것일까?

한동안 서로를 노려보던 둘은 약속이라도 한 듯 동시에 기운을 가라앉혔다.

정단오는 그제야 다시 말을 이어 나갔다.

"녹암 이정도의 유림본서를 찾아 주겠다."

"그것이 진정이오?"

"물론."

"진정 녹암선생이 쓰신 유림본서를 찾을 수 있단 말이시오?"

"내 입으로 뱉은 말은 반드시 지킨다."

정단오가 거듭 확고하게 말하자 촌장은 노구를 부르르 떨었다.

유림본서가 무엇이던가.

세상에 알려지지 않은 조선 유림의 거목인 녹암 이정도가 평생을 바쳐 완성한 서책이 바로 유림본서다.

그것은 단순히 오래된 책이 아니었다. 조선 유림의 모든 것이 담긴 경전이자 비밀스런 권능을 지닌 아티팩트였다.

한마디로 선비촌의 뿌리가 되는 보물인 것이다.

"유림본서는 지금 어디에 있는 게요?"

"원로회가 소유하고 있다."

"그 말에 책임을 지셔야 할 거외다. 막연한 추측일 경우, 절대로 묵과하지 않을⋯⋯."

정단오는 다소 흥분한 촌장의 말을 중간에서 끊었다.

"걱정할 필요 없다. 직접 유림본서를 가져다줄 테니."

"무턱대고 믿기 어렵구려."

"오직 나만이 원로회로부터 유림본서를 되찾을 수 있다. 그 이유를 아는가?"

잠시 뜸을 들인 정단오는 담담한 어조로 폭탄선언을 했다.

"내 손으로 원로회 한국 지부의 아티팩트 보관소를 깨트릴 것이다."

아티팩트 보관소의 위치는 원로회에서도 고위 임원들만 알 수 있다.

설령 위치를 안다고 해도 엄청난 방어 시스템으로 무장된 보관소를 깨트리는 건 불가능에 가까운 일이었다.

그러나 정단오는 얼굴색 하나 바꾸지 않고 말을 마쳤다.

촌장으로선 그를 믿어야 할지 당최 감을 잡을 수 없었다.

"그 말은 원로회와 척을 지겠다는 뜻인 게요?"

"아직까지 원로회 전체와 싸울 생각은 없다. 다만, 내게도 아티팩트 보관소를 확인해야 할 이유가 있다. 그 참에 유림본서를 가져오면 되는 것이지."

"허어, 유림본서가 겸사겸사 찾아올 수 있는 물건 취급을 받을 줄이야."

촌장은 허탈한 웃음을 터트렸고, 더욱 깊게 가라앉은 눈빛으로 정단오를 바라봤다.

"우리에게 유림본서를 줄 수 있다고 치십시다. 하면 반대로 선비촌이 줘야 할 도움은 무엇이오?"

"간단하다."

정단오는 스마트폰을 꺼내 촌장에게 건넸다.

스마트폰 액정에는 국과수에서 스캔한 김지훈의 부검 사진이 펼쳐져 있었다.

"정체불명의 능력자가 이 사람을 죽였다. 그가 누구인지 정확히 알아내야 한다."

"굳이 도움을 받으려는 이유를 모르겠구려."

"처리해야 할 다른 일이 많기에 도움을 청하는 것이다."

"왜 하필 선비촌이외까?"

"오랜 세월 은거해 온 선비촌이라면 누구의 레이더에도 걸리지 않고 움직일 수 있을 거라 판단했다."

"크흐으음……."

대략의 이야기를 끝낸 촌장은 눈을 감고 고민에 빠졌다. 정말 어려운 선택을 강요받았기 때문이다.

무작정 은거를 지키자니 유림본서가 갖고 있는 가치가 너무도 컸다.

선비촌의 숙원을 자신의 대에서 풀 수 있다는데, 욕심이 날 수밖에 없었다.

그러나 섣불리 나서는 것도 쉽지 않은 일이었다.

은밀히 움직인다고 해도 원로회의 눈에 띄면 큰 분란이 일어날 수 있었다.

"허어, 이것을 어찌한단 말인가."

촌장의 자글자글한 주름이 더 깊게 패였다.

정단오는 재촉하지 않고 그가 대답하기를 기다렸다.

이지아도 초조한 마음으로 촌장을 지켜보았다.

타악!

드디어 촌장이 결단을 내린 것 같았다.

손바닥으로 자신의 무릎을 내려친 그가 마른 입술을 달싹였다.

"제안을 받아들이겠소만, 조건이 있구려."

"조건?"

"어쩌면 선비촌의 운명이 걸린 일이니만큼 마을 사람들을 설득해야 하외다."

"까다롭군."

"원로회의 이목을 피해 움직여야 하는 일이오. 이 정도 절차를 거치는 것은 당연한 일이외다."

정단오는 대답 대신 촌장의 눈을 똑바로 쳐다보았다. 빙빙 돌리지 말고 원하는 것을 바로 말하라는 뜻이었다.

"흐음."

이윽고 괜히 헛기침을 한 촌장이 뜻을 밝혔다.

"직접 나서서 선비촌의 모두를 납득시켜 주시구려."

얼떨결에 선비촌 사람들 앞에서 힘을 증명해야 하는 상황이 돼 버렸다.

그러나 정단오는 당황하지 않았다.

이 정도 수고로 선비촌을 움직일 수 있다면 남는 장사이기 때문이다.

그는 촌장이 준비를 하러 나간 동안 평소와 다름없는 표정으로 이지아와 대화를 나누었다.

"이곳 사람들은 원로회의 눈을 철저하게 피하며 움직일 것이다. 동시에 꼭 필요한 능력을 지닌 자들이니 협력하는 게 당연한 일이다."

"그건 그렇다고 쳐요. 하지만 이해 안 되는 게 하나 있어요."

"뭔가?"

"아까 아티팩트 보관소를 깨트릴 거라고 했죠? 그러면서 유림본서를 찾아 주겠다고 했구요."

"분명 그렇게 말했다."

"단오 씨는 아직 원로회에 모습을 드러낼 생각이 없다고 했잖아요. 그런데 아티팩트 보관소처럼 중요해 보이는 시설을 깨트리면 정체가 탄로 나지 않겠어요?"

"좋은 지적이다."

정단오와 촌장이 대화를 나눌 때 이지아가 마냥 가만히 앉아 있던 것은 아닌 모양이었다.

그녀의 질문은 의표를 찌르는 구석이 있었다.

하지만 정단오는 완벽한 대답을 준비해 두고 있었다.

확실한 계획 없이 아무렇게나 약속을 주고받을 그가 아니었다.

"내가 원로회의 이목을 피하는 건 아직 때가 아니라고 생각해서다. 그러나 언젠가는 그들과 부딪쳐야 한다. 정체불명의 능력자가 독립유공자를 죽인 사건 뒤에는 원로회의 승인이 있을 가능성이 크다."

"확실한가요?"

"그걸 알아보기 위해 아티팩트 보관소를 깨트려야 한다. 그곳에 독립유공자들의 아티팩트가 있다면 의심의 여지가 없어지겠지."

독립군 후손들을 죽인 범인은 아티팩트를 노렸다.

만약 사라진 아티팩트가 원로회의 보관소에서 발견된다면 범인의 배후는 빤한 것이다.

정단오는 그것을 확인하기 위해 어떻게든 보관소를 털 생각이었다.

당장은 아니더라도 원로회와 불편해질 각오를 하고 있는 것이다.

그의 의중을 알아챈 이지아는 천천히 고개를 끄덕였다.

"단오 씨가 무슨 생각을 하는지 알겠어요. 엄청 위험하게 들리지만, 말린다고 들을 사람도 아니니까요. 그렇죠?"

"잘 아는군."

둘이 그런 대화를 나누는 사이, 바깥에선 준비가 끝난 것 같았다.

촌장의 목소리가 두 사람을 밖으로 불러냈다.

"모두 모였으니 나오시게들."

정단오와 이지아는 기다렸다는 듯 자리에서 일어나 몸을 움직였다.

그들이 모습을 드러내자 모여 있던 선비촌 사람들이 웅성거리기 시작했다.

고작해야 백여 명 정도인 마을 주민들은 남녀노소를 떠나 하나같이 한복을 차려입고 있었다.

마치 이지아와 정단오가 미래에서 넘어와 과거의 사람들을 만나는 것 같았다.

"허허허, 오랜만에 손님을 보는 것이라 다들 신기한 모양일세. 이해를 해 주시구려."

"어떤 식으로 이들을 설득해야 할지나 말해라."

"간단하외다. 혈기왕성한 청년 다섯 명을 제압해 주면 되는 게요."

"내가 아티팩트 보관소를 깨트릴 만한 힘이 있는지 증명하라는 것이군."

촌장은 고개를 끄덕이며 뒤로 물러났다.

어느새 마을 사람들은 커다란 원을 만들었고, 하얀색 개량 한복을 입은 청년 다섯 명이 앞으로 나왔다.

그들은 정단오의 힘을 시험할 사람답게 예사롭지 않은 기운을 풍기고 있었다.

선비촌의 청년들 중에서도 손꼽히는 능력자인 게 분명했다.

그러나 정단오는 여유로운 모습으로 서 있었다.

"오래 걸리지 않을 거다. 조금만 기다려라."

"네."

그가 이지아를 물러 세우며 내뱉은 말이 청년들의 호승심을 자극했다.

그들 다섯 명은 조금 붉어진 얼굴로 각자의 위치에 자리 잡았다.

"오행진인가?"

"……!"

정단오는 단박에 그들의 의도를 파악해 냈다.

청년들은 놀란 얼굴이었으나 크게 동요하지 않고 진법을 형성했다.

오행진(五行陣)은 금(金), 목(木), 수(水), 화(火), 토(土)의 다섯 기운을 바탕으로 무궁무진한 위력을 내는 전통 진법이다.

진법을 제대로 펼치면 다섯 명 개개인이 지닌 힘보다 월등한 파괴력을 낼 수 있을 것이다.

그럼에도 불구하고 정단오는 청년들이 오행진을 펼치는 동안 가만히 있었다.

변명의 여지가 없도록 서로 완전한 상태에서 승부를 보려는 생각이었다.

우우우우웅—

곧이어 오행진이 펼쳐졌다.

다섯 청년의 중심에 포위당하듯 서게 된 정단오는 주변의 공기가 진동하는 걸 느꼈다.

본격적으로 오행진이 발동한 것이다.

쐐액!

첫 번째 공격은 섬전처럼 들어왔다.

물의 위치에 서 있는 청년과 불의 위치에 서 있는 청년이 함께 움직인 것이다.

'물과 불, 그렇다면 바람이군.'

정단오는 상대의 공격 패턴을 미리 읽었다.

그의 예상대로 거친 돌풍이 일어나며 사방을 맹렬하게 휘저었다.

순식간에 생성된 돌풍은 맹수처럼 입을 벌리며 정단오를 덮쳐 왔다.

그러나 정단오는 눈썹 하나 까닥하지 않았다.

이것은 능력자들의 싸움이다.

때문에 정단오도 자유롭게 본신의 능력을 쓸 수 있었다.

화악─!

정단오의 오른손이 돌풍을 향해 뻗어 나갔다.

활짝 펼쳐진 손바닥에서 정체 모를 기운이 안개처럼 뿜어졌다.

슈우욱!

허무할 정도로 간단하게 돌풍이 사그라들었다.

정단오는 그저 손바닥을 펼치고 있을 뿐이었다.

다섯 명의 청년은 눈을 부릅뜨고 그를 노려봤다.

대체 무슨 수로 돌풍을 사라지게 만들었는지 이해할 수 없었다.

"다시!"

그때, 다섯 명 중에서 가장 연장자로 보이는 청년이 소리를 질렀다. 넋 나간 동료들의 정신을 일깨운 것이다.

그의 호통에 따라 이번엔 다른 두 명이 움직였다.

나무의 위치에 선 청년과 흙의 위치에 선 청년이 교차되며 능력을 펼쳤다.

꽈과광!

굉음과 함께 정단오를 둘러싼 땅이 갈라지며 거대한 흙벽이 일어났다.

멀쩡한 땅에 갑자기 산사태라도 난 것 같았다.

그 이치는 어렵지 않았다.

오행의 나무와 흙이 만나서 땅을 조종한 것이다.

파바바박!

파도처럼 일어난 흙벽이 정단오의 몸 위로 무너지기 시작했다. 그를 통째로 생매장시키려는 것 같았다.

그러나 이번에도 정단오는 별다른 움직임을 보이지 않았다. 그저 쏟아지는 흙더미를 바라볼 뿐이었다.

쿠웅!

높이 치솟았던 흙벽이 와르르 무너지며 정단오를 덮어 버렸다.

생각보다 간단하게 승부가 끝나서일까?

다섯 청년은 기묘한 표정으로 수북이 쌓인 흙더미를 주시했다.

마을 사람들과 이지아도 정적을 유지하고 있었다.

바로 그때, 사람 키만큼 쌓여 있던 흙더미 속에서 섬광이 번쩍였다.

강렬한 빛이 일어나며 정단오를 뒤덮은 흙더미가 사방으로 비산하기 시작했다.

투두둑, 투두두둑.

여기저기 흩어진 흙더미가 구경하던 마을 사람들의 옷을 더럽혔다.

하나 그들은 흙을 털어 낼 생각도 하지 못했다.

흙더미에 파묻혔던 정단오가 먼지 하나 묻지 않은 모습으로 서 있었기 때문이다.

"이제 장난은 끝났다."

오만하게 느껴지는 선언.

하지만 누구도 토를 달 수 없었다.

정단오의 전신에서 느껴지는 위세가 이미 다섯 청년을 능가하고 있었기 때문이다.

그러나 오행진은 계속 가동 중이었다.

청년들은 혼신의 힘을 다해 또 다른 공격을 시도하려 했다.

타다닷!

이번엔 무려 세 명이 동시에 움직였다.

쇠와 물과 불이 한꺼번에 능력을 발휘하여 뇌전(雷電)의 기운을 만든 것이다.

뇌전은 오행진으로 만들 수 있는 힘 가운데서도 가장 위력적인 기운이었다.

빠지지직!

날카로운 파공성과 함께 벼락이 내리꽂혔다.

정단오는 피뢰침처럼 오행진의 벼락을 온몸으로 받아들였다.

하지만 그는 쓰러지지도, 벼락에 불태워지지도 않았다. 오히려 벼락의 힘을 역이용해 오행진을 공격했다.

퍼어엉!

정단오의 몸을 거쳐 되돌아간 벼락이 오행진의 균형을 완전히 뒤흔들었다.

눈 깜짝할 사이에 상대의 힘을 반사시킨 그가 입꼬리를 말아 올렸다.

그 웃음은 명백한 조소였다.

고작 이게 전부냐는 비웃음에 오행진을 구성한 청년들의 얼굴이 일그러졌다.

그러나 정단오는 더 이상의 시간을 주지 않았다. 가장 가까운 곳에 있던 청년에게 다가간 것이다.

꽈악!

"크흡―!"

오행 중에서 나무의 기운을 담당하던 청년이 신음을 흘렸다. 정단오가 넓은 손바닥으로 그의 얼굴 전체를 잡아 버렸기 때문이다.

쿠당탕탕!

그는 제대로 된 반항 한 번 해 보지 못하고 땅을 나뒹굴었다.

하나 이것은 시작에 불과했다.

"땅은 그 주인의 명을 받들라!"

정단오의 입에서 물질 법칙을 깨트리는 강력한 언령(言靈)이 터져 나왔다.

그러자 기다렸다는 듯 땅에서 사람의 손과 같은 형체가 솟아나며 청년들의 다리를 잡아챘다.

"이, 이게 대체!"

"당장 오행을 원래대로 돌려!"

당황한 청년들이 이리저리 소리를 질렀다. 하지만 그들을 붙잡은 땅의 손은 점점 더 단단해졌다.

오행에서 흙을 담당하던 청년도 어찌할 도리가 없었다.

완벽하게 청년들을 묶어 놓은 정단오는 여유롭게 움직였다.

곧이어 불과 물의 위치에 서 있는 청년 두 명에게 다다른 그가 양팔을 뻗었다.

처억.

마치 세례를 내리는 것처럼 정단오의 양손이 둘의 정수리 위에 얹혀졌다.

그 상태에서 또 다른 언령이 발동되었다.

"잠들지어다!"

털썩—

정단오의 말이 끝나기 무섭게 청년 두 명은 눈을 감고 쓰러졌다.

설명할 수 없는 힘에 의해 의식을 잃은 것이다.

이제 남은 것은 흙과 쇠를 담당하던 청년 둘뿐이다.

그들은 이미 공포에 질려 처음의 기백을 완전히 상실했다.

아무리 뛰어난 능력자라고 해도 아직 배워야 할 것이 많은 젊은이들이다.

그들에게 있어 정단오는 너무 높은 벽이었다.

"보아라. 이것이 너희와 나의 차이다."

정단오의 말은 전혀 오만하게 들리지 않았다.

그가 지닌 능력에 비하면 차라리 겸손하게 느껴질 지경

이었다.

"혼연의 검이여—!"

그의 부름에 따라 푸른색으로 빛나는 반투명한 검(劍)이 형체를 이루었다.

혼연(渾然)은 아무런 불순물도 섞이지 않은 완전무결함을 의미한다.

그런 이름을 지닌 검이 정단오의 손에 들린 것이다.

저벅저벅.

천천히 걸어간 정단오가 무표정한 얼굴로 검을 휘둘렀다.

쏴아악—

혼연의 검은 소름 끼치는 소리를 내며 청년 두 명을 일거에 베고 지나갔다.

사실 물질이 아닌 기운으로 만들어진 검이기에 그저 둘의 몸을 스쳐 지났을 뿐이다.

하지만 청년들은 진짜 검에 베인 것처럼 눈을 뒤집고 쓰러졌다.

피도 나지 않았고, 베인 상처도 없었다. 다만 죽은 듯이 엎어진 청년들만 남았을 뿐이다.

"……."

"인간이 아니야, 인간이……."

무거운 적막 속에서 누군가 내뱉은 중얼거림이 큰 울림을 만들어 냈다.

선비촌 사람들은 괴물을 보는 듯한 눈길로 정단오를 쳐다보았다.

그들의 눈빛에는 일종의 경외감마저 담겨 있었다.

그때, 뒤로 빠져 있던 촌장이 헐레벌떡 달려 나왔다.

"설마 죽인 것은 아니겠……."

"내가 힘 조절도 못하는 하수로 보이는가?"

불쾌하다는 표정으로 촌장의 염려를 잘라 버린 정단오는 선비촌 사람 전체를 향해 말을 내뱉었다.

"너희들이 염원, 유림본서는 반드시 찾아 주겠다."

그 말이 끝날 무렵, 쓰러졌던 청년 다섯 명이 비틀거리며 일어났다.

그들은 창백한 안색을 보이면서도 정단오를 향해 허리를 숙였다.

"큰 가르침을 받았습니다."

직접 당한 청년들이 감사를 표하니 마을 사람들도 수긍할 수밖에 없었다.

정단오라면 유림본서를 돌려줄 수 있을 거라는 믿음이 생긴 것이다.

개인적인 호불호를 떠나서 방금 정단오가 보여 준 능력에는 의심의 여지가 없었다.

"촌장, 우리는 남은 이야기를 더 해야겠군."

"그러십시다."

촌장은 마을 사람들을 돌아본 뒤 고개를 끄덕였다. 굳

이 묻지 않아도 모두 납득한 게 분명했기 때문이다.

그렇게 정단오와 이지아는 다시 촌장의 집으로 들어갔다.

하지만 처음 들어갈 때와는 모든 게 달라져 있었다.

약속은 정해졌다.

선비촌은 당장 사람들을 파견해서 김지훈 사건을 알아볼 것이다.

촌장은 한 달이 지나기 전에 김지훈을 죽인 능력자를 찾아 주겠다고 호언장담했다.

대신 정단오는 올해 겨울이 끝나기 전까지 유림본서를 찾아 주기로 했다.

어차피 겨울이 오면 아티팩트 보관소를 깨트릴 작정이었기 때문이다.

"이제 우린 유명환인가 하는 국회의원에게 집중하면 되는 거죠?"

"당분간은."

"그런데 정말 선비촌 사람들이 제 몫을 해낼까요?"

"이런 일을 은밀히 맡기기엔 그들이 제격이다. 분명 원하는 결과를 가져올 것이다."

"믿음이 대단하네요."

"협력하기로 한 이상 완전히 신뢰한다. 믿지 않을 거면 협력하지도 않는다."

"우와, 그게 단오 씨의 원칙이군요. 뭔가 멋지게 들려요."

"당연한 말일 뿐이다."

정단오는 조금의 의심도 없는 얼굴로 레인지로버에 올라탔다.

시동이 켜지고, 둘은 다시 서울로 향했다.

올 때와 달리 돌아가는 길은 그리 멀지 않게 느껴졌다.

커다란 짐을 하나 덜고 믿을 만한 조력자를 얻었기 때문인 것 같았다.

'유명환, 곧 잡아 주마.'

정단오는 핸들을 잡은 채로 국회의원 유명환의 이름을 곱씹었다.

오래도록 잠들어 있던 정단오의 검이 권력의 심장부를 겨누기 시작한 것이다.

9장
미끼낚시

정단오와 이지아가 강원도 선비촌에 다녀오는 동안 김상현은 여러 가지 작전을 준비해 놓았다.

목표물은 다름 아닌 유명환이었다.

지나치다 싶을 정도로 조심성이 많은 그를 어떻게 잡을 것인가.

온종일 그것만 생각하던 김상현은 마침내 여러 작전 중에서 한 가지를 선택했다.

바로 김현수 검사를 이용하는 방법이었다.

"어떻습니까, 제가 세운 작전이?"

김상현은 기대 어린 얼굴로 정단오를 쳐다보았다. 하지만 대답을 한 사람은 이지아였다.

"그러니까 김현수라는 검사를 이용하자는 건데, 좀 더

자세히 설명해 주세요."

"이런, 제가 너무 앞서 갔군요. 그럼 간단히 설명을 드리지요. 아시다시피 마스터는 이미 김현수를 건드린 적이 있습니다. 더군다나 그놈의 약점을 가지고 있지요."

"약점이라면…… 핸드폰 사진이요?"

"바로 그거입니다. 그 사진이 있는 한 김현수는 마스터의 말을 따를 수밖에 없습니다. 단순히 입막음용으로 쓰기에는 그 사진의 파급력이 너무 큽니다."

"아하, 그럼 사진을 이용해서 김현수를 협박하자는 거네요?"

이지아의 추측이 맞았는지 김상현이 연달아 고개를 끄덕였다.

"빙고! 김현수를 협박해서 유명환을 은밀한 곳으로 끌어내는 겁니다. 둘이 긴밀한 사이니까 충분히 가능할 겁니다."

"좋은 생각 같아요."

김상현과 이지아는 동시에 정단오를 바라보았다.

둘이 신나게 대화를 주고받는 동안 그는 침묵을 지키고 있었기 때문이다.

"뭐라고 말 좀 해 봐요, 단오 씨."

"글쎄."

이지아의 재촉에 정단오가 마지못해 입을 열었다.

그는 뭔가 부족하다는 듯 미간을 찌푸리고 있었다.

"작전이 마음에 안 드십니까, 마스터?"

"허점이 보이는군."

"네?"

김상현은 자신이 며칠 동안 생각한 작전에 허점이 있다는 걸 믿을 수가 없었다.

그러나 정단오는 가차 없이 말을 이어 나갔다.

"유명환의 입장에서 김현수는 하수인일 뿐이다. 그가 부른다고 무작정 달려올지 의문이다."

"그래도 대한민국 검사인데……."

"평범한 시각에서 검사는 대단한 자리다. 하지만 상대는 유명환이다. 여당의 실세에게 평검사 한 명이 지니는 가치는 그리 크지 않을 것이다."

"유명환의 시각…… 그 점을 간과했군요. 죄송합니다, 마스터."

"아니다. 전체적으로는 쓸 만한 작전이다. 문제는 유명환을 움직이게 할 동기를 만드는 것이다."

단순히 김현수가 부른다고 올 유명환이 아니었다.

하지만 김현수의 입에서 유명환을 움직일 결정적인 이야기가 나온다면 노회한 국회의원도 엉덩이를 뗄 수밖에 없을 것이다.

"이건 어떤가? 김현수로 하여금 유명환을 협박하게 만드는 것이다."

"협박이요?"

"이를테면 김지훈 사건에서 뭔가를 알아냈다고 말하면 유명환도 당황하겠지. 입막음을 하기 위해서든 협상을 하기 위해서든 김현수를 만나러 나오지 않겠나?"

"흐음, 일리가 있는 말입니다."

김상현은 팔짱을 낀 채 고개를 끄덕였고, 이지아도 정단오의 제안을 수긍한 것 같았다.

이렇게 대략적인 작전의 윤곽이 나왔다.

가장 먼저 해야 할 일은 김현수를 손에 넣는 것이었다.

"김현수는 내가 알아서 하지."

"알겠습니다. 그럼 저는 유명환을 불러들일 무대를 준비하지요."

김상현도 자신이 할 일을 정했다.

마지막으로 남은 이지아는 무엇을 해야 할까? 잠시 고민하던 그녀가 손을 번쩍 들었다.

"전 유명환이란 사람이 나타나면 바로 마음을 읽을게요. 그럼 도움이 되겠죠?"

"당연한 소리. 그건 오직 너만이 할 수 있는 일이다."

"열심히 준비할 테니 걱정 말아요."

완벽하게 역할 분담을 한 세 사람은 각자의 일을 실행하기 위해 자리에서 일어났다.

* * *

"김 검사님, 퇴근하세요?"

"별일도 없는데 일찍 들어가야지."

"네, 조심해서 들어가세요."

"그래, 내일들 보자고."

김현수는 동부 지청 직원들의 인사를 받으며 손을 흔들었다. 오늘도 칼퇴근을 한 그는 상당히 기분이 좋았다.

얼마 전 명월관에서 봉변을 당했지만, 그 뒤로는 모든 일이 잘 풀렸기 때문이다.

'이렇게 조금만 더 버티면 부부장검사로 진급하는 것도 금방이겠어.'

오랜만에 휘파람을 불며 자동차 문을 연 김현수는 가볍게 스마트 버튼을 눌렀다.

부우웅—

그의 애마인 벤츠가 부드러운 소리를 내며 예열되기 시작했다.

한데 그때, 김현수의 뒷목으로 차가운 느낌이 스치고 지나갔다.

낯선 사람의 손이 그의 목을 움켜쥔 것이다.

처억.

"뭐, 뭐야!"

"조용히 해라, 김현수. 사진이 공개되는 걸 원하나?"

어디선가 들어 본 적 있는 목소리. 기억을 더듬은 김현수는 비명이라도 지르고 싶었다.

명월관의 그놈.

그 인간이 바로 자동차 뒷좌석에 나타난 것이다.

"나, 나한테 왜 이래? 대체 원하는 게 뭐냐고!"

"일단 당산역 부근으로 이동해라."

약점이 잡힌 김현수는 뒷좌석의 괴한, 정단오가 시키는 대로 할 수밖에 없었다.

하지만 그도 명색이 검사였다. 당연히 상황을 모면할 방법을 강구하기 시작했다.

그러나 정단오는 한발 앞서 김현수의 의지를 꺾어 놓았다.

"허튼 생각은 안 하는 게 좋을 거다. 자동차 블랙박스는 부숴 놓았고, 경찰서를 비롯해 다른 곳으로 차를 운전하면…… 넌 평생 불구가 되겠지."

말을 마친 정단오가 잭나이프를 들이밀었다.

생생한 칼날의 감촉이 김현수의 이성을 마비시켰다.

명월관에서 찍힌 사진만 해도 엄청난 무기인데, 거기다 직접적인 위협까지 더해졌으니 어찌할 방도가 없었다.

결국 김현수는 얌전히 당산역 쪽으로 차를 몰아갔다.

부릉, 부르릉—

정숙하기 그지없는 벤츠의 엔진 소리만이 간간이 들릴 뿐, 둘은 일체의 대화도 나누지 않았다.

퇴근 시간이라 차가 좀 막혔지만 당산역 부근으로 진입

하니 생각보다 도로가 한산했다.

정단오는 그제야 다시 명령을 내렸다.

"여기서 우회전. 거기서 교회를 끼고 좌회전이다."

"어디를 가는……."

"잔말 말고 움직여라."

질문을 허용하지 않는 단호한 음성이 김현수를 위축되게 만들었다.

그는 마치 운전기사라도 된 것처럼 핸들만 잡았다.

이윽고 커다란 교회를 끼고 좌회전을 하자 곳곳에 공장들이 보였다.

이 뒤쪽은 당산역 부근에서 폐공장들이 모여 있는 부지였다. 곧 재개발이 시작되겠지만 아직까지는 사람들의 발길이 닿지 않는 버려진 땅이었다.

정단오는 그중에서도 가장 큰 폐공장을 지목했다.

끼이익.

벤츠가 폐공장의 주차장에 멈춰 섰다.

차를 세운 김현수는 백미러를 통해 정단오를 보려고 했다.

하지만 기묘하게 틀어진 백미러의 각도 때문에 정단오의 얼굴을 확인할 수 없었다. 그렇다고 고개를 돌리자니 봉변을 당할까 두려웠다.

그런 김현수의 심정을 알았는지 정단오가 입을 열었다.

"내가 누군지 궁금한가 보군."

"당연하지. 명월관에서도 얼굴을 제대로 못 봤고…….
나한테 왜 이러는 거야?"

"지나친 호기심은 화를 부르는 법. 넌 내가 말하는 대로 따르기만 하면 된다."

"이익!"

김현수는 이를 꽉 깨물었다. 지금 그가 할 수 있는 최대한의 표현이었다.

그때, 폐공장 안쪽에서 한 쌍의 남녀가 걸어 나왔다.

무대를 꾸미고 있던 김상현과 이지아가 주차장으로 온 것이다.

철컥—

차 문이 열리고, 김상현이 거칠게 김현수를 제압했다. 능글맞던 평소의 모습과 달리 그의 동작은 꽤나 터프했다.

꽈악!

"우리 고객님, 아파도 좀만 참으시고! 함부로 입 열면 점점 더 아파질 테니까 참고하시고!"

김상현은 어디서 구했는지 모를 수갑으로 김현수를 포박했다. 그러고는 재빨리 안대를 씌워 눈을 가렸다.

그의 색다른 모습에 이지아가 감탄을 터트렸다.

"오늘따라 달라 보이는데요?"

"하하하! 저 원래 이런 사람입니다."

유쾌하게 웃는 김상현을 필두로 일행은 폐공장을 향해

걸음을 옮겼다.

"제법 잘해 났군."

"그럼요, 제가 누구입니까."

정단오의 말처럼 폐공장 안은 말끔하게 정리되어 있었다. 게다가 방음장치를 비롯해 여러 도구들도 눈에 띄었다.

유명환이 도착하면 그의 심리를 무너트리기 위한 준비들을 해 놓은 것이다.

문제는 유명환을 이곳까지 부르는 일이었다.

"김현수. 살아 돌아가고 싶은가?"

"……."

정단오의 물음에 김현수는 묵묵히 고개를 끄덕였다. 잘못하면 여기서 죽을지도 모른다는 실감이 든 것이다.

'공장 하나를 통째로 준비해 놓다니……. 보통 놈들이 아니야.'

제멋대로 일행을 파악한 김현수는 무슨 일이든 협조할 생각이었다.

그에게 있어 자신의 안위보다 중요한 문제는 없었다.

하지만 이어진 정단오의 요구는 김현수가 예상하던 것보다 훨씬 심각한 것이었다.

"유명환에게 전화를 걸어라."

"유 의원님께?"

"정해진 대본대로 통화를 하면 된다. 그가 도착하면 너에겐 아무 일도 일어나지 않을 것이다."

"의원님이 어떤 분인 줄 알아? 뒷감당은 어떻게 하려
고……."

콰악!

정단오는 김현수의 말을 끝까지 듣지 않았다. 순식간에
앞으로 튀어 나가 그의 멱살을 잡은 것이다.

강제로 의자에 앉아 있던 김현수는 잔뜩 겁에 질린 표
정을 지었다.

멱살을 잡혔을 뿐인데도 숨 쉬기가 힘들어졌기 때문이
다.

그러나 정단오는 손을 풀지 않고 그 상태에서 말을 계
속했다.

"선택해라. 여기서 죽든지, 아니면 유명환을 부르고 안
전하게 귀가할지."

"끄으으으……."

호흡이 가빠진 김현수는 무작정 고개를 끄덕였다.

나중에 일이 어떻게 되든 당장 살고 보는 것이 중요
했다. 지금 죽으면 유명환과의 인맥이 무슨 소용이겠는
가.

"시, 시키는 대로 할 테니 손부터……."

"좋은 태도다."

멱살을 풀어 준 정단오는 켁켁거리는 김현수에게 대본
을 읊어 줬다.

"김지훈을 죽인 사람이 누구인지, 어떤 방법으로 죽였는지 알아냈다고 말해라."

"그렇게 말하면 유 의원님이 온단 말입니까?"

김현수는 자신도 모르는 사이 존댓말을 사용하고 있었다. 그만큼 기가 질렸다는 뜻이었다.

정단오는 옅은 웃음을 지으며 그의 질문에 답해 주었다.

"유명환은 반드시 올 것이다. 네가 수상한 기색을 보이지만 않는다면."

"그럼 나는 언제 풀어 줄 겁니까?"

"유명환을 부르는 게 먼저다."

말을 마친 정단오가 김현수의 품에서 핸드폰을 뺏었다.

그는 김상현을 통해 입수한 유명환의 직통 번호를 눌렀다. 그러고는 전화기를 김현수의 귓가에 붙였다.

따르르릉─

통화 연결음이 길게 이어졌다.

전화가 빨리 연결되지 않자 김현수의 이마에서 식은땀이 흘렀다.

안 그래도 수갑과 안대 때문에 불편한 상황이었으니 시간이 지날수록 그의 공포심은 점점 깊어졌다.

하나 그때, 수화기 저편에서 유명환이 응답했다.

"무슨 일인가, 김 검사?"

"의, 의원님!"

"이렇게 전화를 다하고. 특별한 일이라도 있는 게야?"

"그것이……."

김현수가 우물쭈물하자 정단오는 망설임 없이 잭나이프를 사용했다.

안대로 인해 눈이 보이지 않아도 잭나이프의 감촉은 모를 수 없는 법이다. 목에 칼날이 닿은 순간부터 김현수의 혓바닥이 빠르게 움직였다.

"의원님께서 부탁하신 김지훈 사건 말입니다. 제가 따로 조사를 해 봤습니다."

"……자네 미쳤나?"

"누가 어떤 식으로 김지훈을 죽였는지 모두 알아냈습니다. 그래서 의원님과 대화를 나누고 싶어 전화를 드렸습니다."

"너 지금 어디야?"

흥분했는지 유명환의 말투가 거칠어졌다. 당장에라도 김현수를 밟아 버릴 기세였다.

그러나 목숨의 위협을 느끼는 김현수로선 선택의 여지가 없었다.

"여긴 당산역 근처의 공장입니다. 주소는 문자로 보내 드리겠습니다, 의원님."

"간이 배 밖으로 나왔구만. 감히 날 상대로 이런 짓을 해?"

"혼자 오셔야 합니다, 의원님. 저도 나름대로 대비를 해 놓았습니다."

삐익―!

유명환은 대답 없이 전화를 끊었다.

하지만 정단오는 그가 여기로 올 거라고 확신했다. 그만큼 김지훈의 죽음은 중요한 문제였기 때문이다.

'역시 유명환은 뭔가 알고 있다. 그렇기에 이토록 분노하는 거겠지.'

냉정하게 상대의 심리를 예측한 정단오는 시계를 확인했다. 기다란 시침은 저녁 8시를 향해 움직이고 있었다.

'시간은 많다. 어서 와라, 유명환.'

낚시꾼과 물고기 사이의 전투는 이미 시작되었다.

정단오는 김현수를 미끼로 삼아 낚싯대를 던졌고, 유명환은 그것을 물 수밖에 없었다.

과연 이 승부는 어떻게 끝날 것인가.

째깍거리는 시곗바늘만이 미래를 아는 것 같았다.

*　　*　　*

"이 미친놈이 건방지게!"

통화를 끝낸 유명환이 소리를 질렀다.

갑작스런 그의 외침에 운전기사가 깜짝 놀라 고개를 돌렸다. 앞좌석의 경호원도 놀라긴 마찬가지였다.

"왜 그러십니까, 의원님?"

"닥치고 운전이나 해!"

있는 대로 신경질을 부린 유명환은 고민에 잠겼다.

모든 것이 김현수와의 통화 때문이었다.

'김 검사, 이 애송이가 진실을 알았단 말이지? 대체 어떻게 알았을까……'

골똘히 생각하던 그는 이내 고개를 흔들었다.

지금 중요한 것은 다른 일이다. 우선 대책을 세우는 게 먼저였다.

결정을 내린 유명환은 급히 단축 번호를 눌렀다.

"네, 의원님."

통화 연결음이 울리기도 전에 수화기 건너편에서 응답이 들려왔다.

상대는 유명환이 후원해 주는 용역 업체의 대표였다.

"그래, 최 사장. 요새 사업은 잘되고?"

"모두 의원님께서 봐주시는 덕분이지요."

"그래서 말인데, 어려운 부탁을 하나 해야겠네."

"말씀만 하십시오. 저희 아이들 전부 대기 중입니다."

"허허, 역시 최 사장은 믿을 만해. 다름 아니라 당산역 근처로 아이들을 좀 보내 주게."

"당산역 말입니까?"

"나도 지금 그리로 갈 걸세. 한데 영 께름칙한 일이 있어서 말이야."

"걱정하지 마십시오. 지금 당장 애들을 풀겠습니다. 몇 명 정도면 되겠습니까?"

"뭐, 별일이야 있겠나. 대충 내가 가려는 곳에 수상한 기색이 보이는지만 확인해 주면 되네."

"스무 명 정도를 콜하겠습니다."

"그렇게나 많이? 허허허, 내 이번 일은 잊지 않을 게야."

"이 정도쯤은 아무것도 아닙니다. 주소를 보내 주시면 바로 지시를 내리겠습니다."

"그래그래, 기다리게나."

전화를 끊은 유명환은 조금 안심이 된 얼굴이었다.

그는 김현수로부터 날아온 문자 메시지를 용역 업체 사장에게 전송했다.

'김현수도 용역들이 들이닥칠 줄은 모를 게야. 적어도 이 몸이 위험해질 일은 없게 만들어야지.'

나름대로 안전장치를 만들었다고 생각한 유명환은 운전기사에게 목적지를 말해 줬다.

"당산역으로 가자."

"의원님, 하지만 다음 스케줄이……."

"잔말 말고 차 돌려!"

서슬 퍼런 호통에 운전기사가 핸들을 돌렸다.

유명환은 차가 다른 길로 접어드는 걸 확인하며 생각을 계속했다.

마음 같아선 더 많은 사람들을 당산역 쪽으로 부르고

싶었다. 하지만 은밀하게 처리해야 하는 일이기에 용역 스무 명으로 만족할 수밖에 없었다.

'다시는 개기지 못하게 밟아 주마, 김현수.'

어찌 됐든 김현수가 진실을 알게 된 이상 직접 만나긴 해야 했다.

당산역으로 가는 유명환의 눈에는 김현수를 향한 분노가 이글거리고 있었다.

"도착했습니다, 의원님."

운전기사가 차를 세운 뒤 공손하게 말했다.

벌써 당산역 부근의 폐공장에 다다른 것이다.

스으윽.

창문을 내린 유명환은 폐공장 주위를 살펴보았다. 아무리 봐도 딱히 특별한 기색은 느껴지지 않았다.

다만 한 가지 걸리는 점은 용역 업체에서 전화가 오지 않았다는 것이다.

유명환은 최 사장에게 다시 전화를 걸려다가 고개를 저었다.

스무 명의 용역원이 폐공장 안에서 김현수를 조지고 있을 거라 생각한 것이다.

그게 아니면 진즉에 출발한 그들이 흔적도 안 보일 리 없었다.

"가 보자."

"모시겠습니다."

유명환이 내릴 기미를 보이자 앞좌석의 경호원이 재빨리 뛰어 나갔다.

그는 허리를 숙인 채 자동차 뒷문을 열었다.

당연히 운전기사는 차에 남게 되었고, 유명환과 경호원만 폐공장 안으로 들어가는 것이다.

훤칠한 키의 경호원을 앞세우자 겁날 것이 없었다.

"자네, 특수부대 출신이었다고 했나?"

"그렇습니다."

"무술은 좀 하고?"

"유도 2단, 합기도 3단, 태권도 1단, 그리고 검도 2단까지. 도합 8단입니다."

"혼자서도 대여섯 명은 그냥 제압하겠구만."

오늘따라 경호원의 존재가 든든하게 느껴진 유명환이 웃음을 터트렸다.

난데없는 김현수의 전화 때문에 신경이 곤두섰지만, 막상 와 보니 손쉽게 처리할 수 있을 것 같았다.

그러나 유명환은 폐공장 안에 들어서자마자 자신의 판단이 틀렸음을 깨닫게 되었다.

끼이이— 철컹!

열렸던 공장 문이 저절로 닫혔다.

유명환과 경호원은 당황한 채 폐공장 안을 두리번거렸다. 그러고는 믿을 수 없는 현실을 직면하였다.

"이, 이게……."

처참하게 쓰러져 있는 스무 명의 용역들.

최 사장이 보낸 용역 업체 깡패들은 폐공장 안에서 게 거품을 문 채 기절해 있었다.

유명환의 바람처럼 김현수를 조지고 있는 게 아니라 반대로 자신들이 조져진 것이다.

설마 김현수가 용역들을 이렇게 만들었을까?

유명환의 시선이 자연스레 폐공장의 중심으로 향했다.

그곳에는 의자에 결박된 남자가 끙끙거리고 있었다.

"김 검사……?"

"의원님, 조심하십시오!"

유명환이 김현수를 알아볼 즈음, 갑자기 경호원이 소리를 질렀다.

그러나 너무 늦은 반응이었다.

빠각!

살벌한 소리와 함께 경호원의 신형이 앞으로 넘어졌다.

어디선가 나타난 정단오의 공격에 뒷목을 맞고 그대로 혼절한 것이다.

특수부대 출신이라는 자부심도 정단오의 기습 앞에서는 초라하기 짝이 없었다.

"누, 누가 감히!"

홀로 남은 유명환은 몸을 돌리며 발악하듯 외쳤다.

눈앞에 서 있는 큰 키의 남자, 정단오의 모습이 마치 저승사자처럼 보였다.

"기다리고 있었다."

"넌 또 뭐 하는 새끼야?"

공포감을 느끼자 유명환의 말투가 더욱 천박해졌다.

점잖게 권위를 세우던 국회의원 대신 두려움에 몸을 떠는 늙은이로 변한 것이다.

"너, 내가 누군 줄 알고!"

파팍!

정단오는 더 이상 말상대를 해 주지 않았다. 그저 짧고 강렬한 펀치를 날렸을 뿐이다.

"커흐윽!"

복부를 강타당한 유명환은 허리를 접은 채 침을 질질 흘렸다.

그의 모습에서 권위 따위는 느껴지지 않았다.

"네가 가진 권력으로 얼마나 많은 사람들을 핍박해 왔나?"

"끄으······."

"이제 너는 혼자다. 누구도 너를 대신해 싸워 주지 않는다. 김지훈의 억울한 죽음, 그에 대한 대가도 네가 고스란히 감당해야 될 것이다."

선고를 마친 정단오는 유명환의 뒷목을 잡아끌고 움직

였다. 그러고는 김현수가 포박돼 있는 의자 맞은편에 그를 묶었다.

유명환과 김현수.

어제까지만 해도 서로의 뒷구멍을 닦아 주던 권력자들이 폐공장 한가운데서 마주 보게 된 것이다.

스윽.

정단오는 유명환의 눈에도 안대를 씌웠다.

시각이 상실되면 공포감은 더욱 커지는 법이다.

아니나 다를까, 유명환은 벌써부터 온몸을 부들부들 떨고 있었다.

보호막이 사라진 권력자는 평범한 늙은이보다 못한 모습이었다.

"한심하군. 이런 인간이 한국 정치계의 거물이라니."

"그러게 말입니다."

구석에 몸을 숨기고 있던 김상현이 정단오의 말에 맞장구를 쳤다.

그때, 예고 없이 김현수가 소리를 질렀다.

"나는, 나는 풀어 준다고 하지 않았습니까?"

"김현수! 이 배신자! 이러고도 네가 무사할 것 같으냐?"

김현수의 외침에 대답한 것은 유명환이었다.

눈이 가려진 채 마주 앉아 있는 그들은 서로를 향해 목청을 높였다.

"이게 다 당신 때문이야! 당신이 맡긴 그 일만 아니었어도 이럴 일은 없었다고!"

"개새끼처럼 딸랑거릴 땐 언제고 이제 와서 배신을 해? 그러고도 네놈이 대한민국 검사냐!"

"그러는 당신은! 국회의원이란 작자가 살인 사건 은폐나 부탁하지 않았어?"

"그것은……."

생명의 위협 앞에서는 체면도, 의리도 남아나는 것이 없었다.

유명환과 김현수의 설전은 보는 사람을 씁쓸하게 만들 만큼 밑바닥 수준이었다.

"다 떠들었나?"

결국 정단오가 나서서 둘을 조용히 만들었다.

그의 물음에 섣불리 대답하는 사람은 없었다. 낮게 깔린 정단오의 목소리는 무척 위험하게 들렸기 때문이다.

"이제 좀 조용하군."

기묘한 침묵 속에서 정단오가 미소를 지었다.

구석에서 그의 얼굴을 바라보던 이지아는 섬뜩함을 느꼈다. 평생 살아오며 봤던 어떤 표정보다 방금 전 정단오의 웃음이 더 무서웠기 때문이다.

하지만 정단오는 금방 무표정한 얼굴로 돌아와서 김현수 쪽으로 걸어갔다.

"김현수, 약속대로 넌 털끝 하나 건드리지 않고 풀어 줄 것이다. 조금만 기다려라."

"어, 언제 풀어 줄 겁니까?"

"모든 일이 끝나면 보내 주마."

"그럼!"

꾸욱.

정단오의 손가락이 김현수의 목 언저리를 눌렀다.

혈도를 점해 입을 막은 것이다.

어차피 김현수는 미끼였을 뿐이다. 진짜 알고 싶은 이야기는 유명환에게서 들어야 했다.

타악.

몸을 돌린 정단오가 이번엔 유명환 쪽으로 다가갔다.

그의 걸음 소리가 텅 빈 폐공장을 울리며 기묘한 분위기를 조성했다.

"뭐, 뭘 하려는 게야?"

궁지에 몰린 유명환은 포박당한 상태로 이리저리 고개를 휘저었다.

정단오는 잠시 동안 그 모습을 감상한 뒤 손을 뻗었다.

꽈악―!

오른손으로 유명환의 턱을 움켜쥔 정단오가 뒤쪽의 김상현에게 명령을 내렸다.

"시작해라."

"네, 기다리고 있었습니다."

김상현은 양팔에 온갖 도구를 들고 왔다. 단순히 고문 따위를 하려는 게 아니었다.

육체에 직접적인 해를 끼치지 않고도 사람의 심리를 무너트리려는 것이었다.

유명환으로선 상상도 할 수 없던 악몽이 시작되는 순간 이었다.

10장
백그라운드(Background)

김상현은 제한된 시간 안에 각양각색의 방법으로 유명환을 무너트렸다.

헤드폰을 씌워 소음 공해를 주기도 하고, 이상한 기구들로 공포심을 자극하기도 했다.

어쨌거나 CIA 요원 시절 배워 놨던 정신 고문은 매우 유용하게 사용되었다.

그 덕에 유명환의 심리 상태는 완전히 피폐해졌다.

지금이라면 아직 덜 익은 이지아의 능력으로도 그의 마음을 읽어 낼 수 있을 것 같았다.

"네 차례다. 진실을 알아내라."

"잘은 모르겠지만, 열심히 해 볼게요."

이지아는 축 늘어진 유명환 앞에 섰다.

언뜻 불쌍한 마음도 들었지만, 이내 고개를 흔들었다.

'이 사람은 그냥 노인이 아니야. 권력을 이용해 수많은 악행을 저질렀고, 김지훈이란 사람의 죽음에도 관련돼 있어. 마음을 독하게 먹어야 해.'

그렇게 스스로를 다스린 이지아는 주시자의 눈을 잡았다. 오늘따라 은빛 펜던트가 더욱 반짝이는 것 같았다.

우우웅—

그녀가 신경을 집중하자 펜던트가 진동하기 시작했다.

보이지 않는 에너지가 목걸이를 중심으로 파장을 만드는 것이다.

이제까지 단순히 진실과 거짓을 판별했던 것과는 차원이 다른 일을 해야 한다.

당연히 에너지의 파장도 더 크고 깊어야만 했다.

슈우우우!

이지아의 이마 위로 흐르는 땀방울이 많아질수록 목걸이가 내뿜는 에너지도 강대해졌다.

어느새 에너지의 파장은 유명환의 전신을 감쌌고, 지금부터는 마음을 읽으려는 사람과 읽히지 않으려는 사람 사이의 정신력 대결이 벌어졌다.

'누가 김지훈 사건을 덮으라고 했나요?'

'그걸 말할까 보냐!'

'누구의 지시를 받았죠? 대체 어디까지 알고 있는 거죠?'

'나는 모른다. 아무것도 모른다!'

이지아와 유명환의 정신력이 팽팽한 싸움을 계속했다.

만약 그녀의 능력이 출중했다면 이런 과정을 거치지 않고 바로 마음을 읽었을 것이다.

하지만 지금으로선 정신력이 약해진 유명환을 상대하는 것도 버거운 일이었다.

"이잇!"

꼭 다문 이지아의 입술 사이로 결의에 찬 신음이 흘러나왔다.

주인의 의지를 느낀 것일까?

순간, 주시자의 눈에서 은빛 섬광이 터져 나왔다.

화아악!

사방으로 뻗어 나간 섬광은 잠시나마 유명환의 몸 전체를 물들였다.

매우 짧은 시간이었지만 그것으로 충분했다.

'상념이 들어오고 있어!'

유명환의 의식 밑바닥에 숨어 있던 생각들이 이지아의 머릿속으로 전해졌다.

걸러지지 않은 상념이 폭풍처럼 몰아치자 갑작스런 두통이 찾아왔다.

"으음…… 머리가 띵해요."

유명환에게서 한 발짝 물러선 이지아는 심호흡을 하며 두통을 가라앉혔다.

그러는 동시에 읽어 낸 생각들을 정리하였다.

"성공했나?"

"네. 그런데 조금만 시간을 주세요."

정단오의 물음에 대답한 그녀가 살짝 비틀거렸다.

하지만 큰일은 아니었다. 이지아는 금방 중심을 잡고 자신이 알아낸 것들을 나열했다.

"오성 그룹 기획실. 거액의 정치자금. 그리고…… 사건의 은폐."

뚝뚝 끊긴 단어들이지만 무엇을 뜻하는지 알아내는 것은 그리 어렵지 않았다.

유명환의 차명 계좌로 입금된 거액의 자금은 오성 그룹으로부터 받은 것이었다. 그 대가로 검사들을 이용해 사건을 은폐해 준 것이다.

정단오는 사건이 어떻게 진행됐는지 머릿속으로 그림을 그려 보았다.

대기업이 국회의원에게 대가성 청탁을 한다.

그러면 국회의원은 줄이 닿는 검사들을 이용해 기업의 청탁을 들어준다.

의원은 돈을 벌고, 검사는 출세를 보장받고, 기업은 원하는 바를 이룬다.

너무 빤해서 더 말할 것도 없는 대한민국 권력층의 모습이었다.

'최종 배후는 오성 그룹이란 말인가. 암시장의 뒤에도

그들이 있다고 했다. 느낌이 좋지 않군.'

생각을 정리한 정단오의 미간이 일그러졌다.

드디어 사건을 은폐시킨 진정한 배후를 알아냈지만, 여전히 갈 길이 멀기 때문이었다.

"유명환."

그는 복잡한 상념을 뒤로 밀어 두며 입을 열었다.

정단오의 부름에 유명환이 힘겨운 듯 작은 목소리로 대답했다.

"당장 나를 풀어라……."

"어차피 원하는 것은 모두 알아냈다. 더 이상 네가 필요 없다는 뜻이다."

"서, 설마 나를 죽일 겐가?"

"글쎄, 죽이는 것보다 좋은 방법이 있을까?"

"이, 이놈!"

마지막 기력을 짜낸 유명환이 빈약한 외침을 토해 냈다.

정단오는 그의 귓가에 입을 바짝 붙인 채 속삭이듯 대답을 해 주었다.

"그동안 네가 누렸던 것들…… 억울한 사람들을 짓밟아 얻은 권력, 부정부패로 축적한 재산, 추악하게 물든 영혼까지! 그 모든 것을 박탈하겠다."

파악! 파파팍!

정단오의 양손이 번개처럼 움직이며 유명환을 난타했다.

단순히 폭력을 가하는 게 아니었다. 사람의 몸을 지탱하는 기경팔맥과 혈도를 헝클어 놓는 것이었다.

"쿨럭!"

유명환은 피를 한 움큼 토하고 의식을 잃었다.

물론 죽은 것은 아니다.

다만 의식을 찾으면 죽음보다 더 괴로운 삶을 살게 될 것이다.

"가자."

폐공장에서 해야 할 모든 일을 마무리 지은 정단오는 냉정하게 몸을 돌렸다.

하지만 김상현의 음성이 그를 붙잡았다.

"김현수는 어떻게 하고요?"

"뒤처리는 우리의 일이 아니다. 조금 있으면 유명환의 개들이 이곳으로 올 것이다."

"듣고 보니 그렇겠습니다. 김현수랑 여기 쓰러진 깡패들의 처리는 그들이 알아서 하겠지요."

그렇게 세 명은 폐공장을 빠져나왔다.

용역 업체 깡패들은 물론이고, 검사와 국회의원마저도 정단오의 앞길을 막을 순 없었다.

사건의 진실을 향해 나아가는 정단오의 행보는 점점 맹렬해지고 있었다.

그로부터 한 시간 후.

"어서 문 열어!"

다급한 외침에 따라 거구의 장한들이 폐공장 문을 열었다. 이윽고 드러난 안쪽의 모습은 처참하기 그지없었다.

"사장님!"

"이, 이런……."

용역 업체 최 사장은 벌어진 입을 다물지 못했다.

그는 유명환의 부탁을 받고 애들을 보낸 지 한참이 지났는데도 연락이 없어 직접 발걸음을 하였다.

한데 상상을 초월하는 광경을 보게 된 것이다.

폐공장 안에 쓰러져 있는 스무 명의 부하, 그리고 꽁꽁 묶여 있는 두 명까지.

아마 그중 한 사람이 유명환일 것 같았다.

"의원님! 의원님!"

정신을 차린 최 사장이 소리를 지르며 폐공장 안으로 뛰어갔다.

그는 부하들도 팽개치고 유명환을 먼저 살폈다.

"괜찮으십니까? 유 의원님, 정신을 차리셔야 합니다!"

포박을 풀고 유명환을 부축한 채 말을 걸어 봤지만 대답은 돌아오지 않았다.

답답해진 최 사장은 유명환의 어깨를 잡고 흔들었다. 그게 효과가 있었는지 감겨 있던 눈이 조금씩 떠졌다.

"저승사자……."

"네? 의원님, 방금 뭐라고 하신 겁니까?"

"저승사자, 저승사자가 왔어! 저승사자!"

미친 노인네처럼 저승사자라는 단어를 반복하는 유명환의 모습은 무섭게 느껴질 정도였다.

최 사장이 알던 원래의 유명환은 이미 사라진 것이다.

눈앞에 남은 것은 지독한 공포와 고통으로 치매 증상을 갖게 된 늙은이뿐.

그때, 반대쪽에 묶여 있던 김현수가 온몸을 버둥거렸다.

"이 사람은 또 뭐야? 얼른 풀어 줘!"

"예, 사장님!"

최 사장의 명을 받은 용역들이 김현수의 포박도 풀어 주었다.

"허억, 허억!"

겨우 해방된 김현수는 거친 숨을 몰아쉬며 주위를 두리번거렸다.

곧이어 그의 시야에 유명환이 들어왔다.

그때까지도 유명환은 저승사자라는 말만을 반복하고 있었다.

털썩!

그 모습에 충격을 받은 김현수가 엉덩방아를 찧으며 넘어졌다.

'그렇게 잘나가던 유명환 의원이 저 꼴이 되다니…… 무엇 때문인지는 몰라도 건드려선 안 되는 일에 손을 댔다. 지금이라도 모든 걸 잊고 죽은 듯이 살아야겠어.'

당산역의 폐공장에서 일어난 일은 너무도 엄청난 것이었지만, 그 뒤처리는 결국 용역 업체 최 사장의 몫이 되었다.

모두 정단오가 예언한 그대로였다.

* * *

오성 그룹.

이름만 들어도 위압감이 느껴지는 대기업.

누군가에게는 한국의 자랑이지만, 또 어떤 사람들에게는 사회의 암적인 존재로 취급받는 곳.

그 모든 의견을 떠나 대한민국하면 가장 먼저 떠오르는 기업이 오성 그룹인 것은 분명했다.

정단오는 바로 그 오성 그룹의 본사 건물 앞에 서 있었다.

강남 한복판에 세워진 수백억짜리 빌딩은 햇빛을 받아 반짝반짝거리고 있었다.

말없이 빌딩을 올려다보던 정단오가 드디어 걸음을 뗐다.

설마 무턱대고 오성 그룹 안으로 들어갈 생각인 것일까?

너무나 비상식적인 일이지만, 정단오는 정말 그럴 수 있을 것 같았다.

그러나 정단오가 빌딩을 향해 몇 발자국 움직이자 인파 속에서 김상현이 나타났다.

그는 필사적인 얼굴로 정단오를 만류했다.

"마스터, 지금 이러시면 안 됩니다."

"무슨 말인가?"

"오성 그룹을 뒤집으려는 것 아닙니까?"

"무슨 말을 하는지 모르겠군."

"네?"

예상과 다른 정단오의 반응에 김상현이 놀란 표정을 지었다. 당장에라도 오성 그룹 본사를 뒤집을 줄 알고 말리려던 것인데 아무래도 생각을 잘못한 것 같았다.

"오성 그룹을 뒤집으려는 게 아니었다고요?"

"그런 식으로 쉽게 끝내 줄 수는 없지. 관련된 모두를 징벌하려면 인내가 필요하다. 잘 알지 않나?"

"당연히 잘 알고 있지요. 그럼 왜 이쪽으로 오신 겁니까?"

"봐 두기 위해서다."

"봐 두기 위해서요?"

"내 손으로 무너트릴 곳을 미리 확인하는 것이다."

"아……."

그제야 정단오의 의도를 확인한 김상현은 머리를 긁적이며 탄성을 흘렸다.

걱정했던 것과 달리 정단오는 냉정하고 침착하게 사태를 바라보고 있었다.

"제가 결례를 범했습니다, 마스터."

"결례랄 것까지야. 그보다 오성 그룹을 어떻게 공략할지 생각해 보았는가?"

"갈수록 태산이라고, 유명환을 제끼니 오성 그룹이 나오네요. 아무래도 생각할 시간이 좀 더 필요할 것 같습니다."

"쉬운 상대는 아니다. 우선 오성 그룹의 실체를 파악하는 게 중요하겠군."

"흐음. 독립유공자들을 죽이고 아티팩트를 강탈한 게 오성 그룹일까요?"

"일정 이상으로 관여는 돼 있겠지. 거기서부터 조사를 시작해 보자."

오성 그룹의 본사 빌딩 앞에서 나누기엔 너무 위험한 대화였다.

하지만 정단오와 김상현은 거리낌이 없었다.

그들의 태연함을 누가 말리겠는가.

둘은 한참을 더 같은 자리에 서 있다 겨우 발을 옮겼다. 이지아가 기다리고 있을 펜트하우스로 이동하는 것이다.

"오셨어요."

요즘 들어 커피에 재미를 붙인 이지아는 원두를 드립하고 있었다.

커피 머신에 온 신경을 쏟고 있는 그녀의 모습은 굉장히 평화로워 보였다.

"향기가 좋군."

"그럼요. 콜롬비아에서 공정 무역으로 들여온 원두니까요."

정단오는 펜트하우스 안에 감도는 커피 향을 음미하며 고개를 끄덕였다.

24시간 내내 긴장하며 살 필요는 없었다. 이지아가 지금처럼 여유를 즐기는 것이 참으로 다행스러웠다.

그 덕에 정단오와 김상현도 잠깐이나마 휴식을 취할 수 있는 것 같았다.

"한 잔씩 마셔 보세요."

"아이고, 영광입니다."

이지아로부터 커피를 건네받은 김상현이 과장된 제스처를 취했다.

반면, 정단오는 말없이 입술을 커피로 적시고 있었다.

"괜찮군."

"우와! 단오 씨 입에서 칭찬이 나오다니, 기분 좋은데요."

무미건조한 정단오의 반응에도 이지아는 활짝 웃음을 지었다. 그러자 옆에 서 있던 김상현이 짐짓 서운한 표정을 지었다.

"이거, 차별이 너무 심한데요. 제 칭찬은 그냥 넘기더니 마스터의 한마디는 너무 좋아하십니다?"

"제가 그랬나요? 잘 모르겠는데."

"이제 보니 지아 씨도 여우였군요. 역시 여자는 다 여우란 말이야."

김상현의 짓궂은 농담에 결국 이지아의 얼굴이 달아올랐다. 마침 정단오가 나서서 정리를 하지 않았다면 또다시 펜트하우스가 시끄러워질 뻔했다.

"잡담은 이쯤하고, 해야 할 이야기들이 있지 않나?"

"아, 그렇지요."

커피 잔을 내려놓은 김상현이 헛기침을 하며 말을 시작했다.

"오성 그룹 말입니다. 어떤 식으로 조사해야 할지 막막한 게 사실입니다."

"지금까지 해 왔던 것처럼 핵심 인물을 납치하면 되지 않겠나?"

"그게 간단한 방법이긴 합니다만, 헛다리를 짚을 가능성이 높아서요."

"헛다리라면?"

"오성에서 어떤 인물이 어디까지 개입했는지 모르는 상

황 아닙니까. 단지 오성 그룹 기획실이라는 정보만 가지고 움직이기엔 리스크가 너무 큽니다."

"그 정도인가."

국회의원까지 거침없이 건드렸지만, 오성 그룹은 또 경우가 달랐다.

김상현은 한국 사회에서 대기업이 차지하는 위치를 잘 알기에 이전보다 더 경계심을 발휘하고 있었다.

"조금만 시간을 주십시오. 기획실의 어떤 인물이 유명환과 접촉했는지 알아보겠습니다."

"알겠다. 핵심 배후에 근접했으니 지금부턴 돌다리도 두들겨보고 건너는 게 맞겠지."

"바로 그겁니다, 마스터."

정단오는 인내심을 갖고 상황을 주시하기로 결심했다. 조급하게 움직여 봐야 상대의 경계심만 키워 줄 뿐이다.

이럴 때일수록 천천히, 그러나 주도면밀하게 움직여야 한다.

"어디 보자. 김지훈을 죽인 능력자는 선비촌에서 찾는 중이고, 우린 우리대로 배후에 오성 그룹이 있음을 확인했고. 짧은 시간 안에 생각 이상의 성과를 올린 셈입니다."

김상현은 이제까지의 일을 쭉 정리하며 만족한 표정을 지었다.

처음 정단오가 한국으로 왔을 때 걱정했던 것보다 훨씬 일이 잘 풀렸기 때문이다.

"이쯤에서 잠시 쉬어 가며 생각을 정리해 볼 필요가 있겠군."

"그런 의미에서 커피 한 잔 더 마셔요."

정단오는 이지아가 따라 주는 커피를 마시며 눈을 감았다.

한국에 온 뒤 정말 쉼 없이 달려왔다.

아직 갈 길이 멀지만, 더 멀리 나아가기 위해 잠시 숨을 고를 필요도 있었다.

* * *

또각또각.

오랜만에 하이힐을 신은 최미영은 기분이 좋았다.

국과수 내부에서 진행된 전체 회의에서 칭찬을 받았기 때문이다.

여자 부검의에 대한 편견을 스스로 극복한 것만 같았다. 이대로 열심히 일하면 남자 동료들보다 훨씬 빠른 승진도 가능해 보였다.

'그때 일이 액땜이 된 건가? 그 뒤로는 다 잘 풀리네.'

경쾌하게 걸어가던 그녀가 문득 얼마 전 있은 일을 떠올렸다.

정단오와 이지아에게 김지훈의 부검 파일 위치를 알려 준 뒤부터 모든 일이 잘되는 것 같았다.

사실 최미영은 정단오가 부검 파일을 복사해 갔는지 알 수 없었다. 국과수에 침입 흔적이 남아 있지 않았고, 파일도 원래 자리에 그대로 있었기 때문이다.

그러나 최미영이 더 깊게 신경 쓸 일은 아니었다.

그녀는 나름대로 최선의 도움을 제공했고, 나머지는 정단오의 몫이었다.

'형사인 것 같았으니 알아서 잘 처리했겠지.'

별생각 없이 그때의 일을 털어 버린 최미영은 버스 정류장으로 가는 지름길에 들어섰다.

조금 후미진 길이지만 문제될 건 없었다. 평소에도 늘 이용하는 통로였기 때문이다.

한데 오늘따라 못 보던 봉고차가 도로변에 주차돼 있었다.

무의식적으로 낯선 차량에 시선을 준 최미영은 금방 고개를 돌렸다. 그리고는 콧노래를 흥얼거리며 발걸음을 재촉했다.

철컥!

그녀가 봉고차 옆을 스쳐 가는 순간, 갑자기 차문이 열리며 건장한 사내들이 뛰쳐나왔다.

"읍—!"

그들은 순식간에 최미영을 봉고차 안으로 집어 던졌다.

거친 손길에 입이 막힌 그녀는 비명도 지르지 못하고 완전히 제압당했다.

말로만 듣던 봉고차 납치의 희생양이 된 것이다.

"태웠다, 얼른 출발해!"

"예, 형님!"

최미영을 태운 봉고차는 속력을 높이며 어디론가 움직였다. 그러나 이미 기절해 버린 그녀는 차가 어디로 가는지 확인할 수 없었다.

'여, 여긴 어디지……?'

한참 후, 손발이 묶인 채 의식을 회복한 최미영은 실눈을 뜨고 주위를 살폈다.

가장 먼저 눈에 들어온 것은 조폭으로 보이는 남자 여럿이었다.

그들은 의미 없이 서성거리며 최미영을 지키고 있었다.

하지만 그 외의 다른 정보는 알아낼 수 없었다.

그녀 자신이 갇힌 곳이 어떤 공간인지 파악하는 것조차 어려웠다.

그저 변두리의 외딴 건물일 것 같다는 막연한 추측을 하는 게 전부였다.

그때, 그녀를 납치해 온 조폭들이 뭔가 낌새를 챘다. 최미영이 의식을 찾았음을 눈치챈 것이다.

"형님, 이제 정신을 차린 것 같습니다!"

"그래?"

부하들의 외침에 누군가가 최미영 앞으로 다가왔다.

실눈을 떴던 그녀는 공포심에 눈을 꽉 감아 버렸다. 벌써 머릿속으론 온갖 상상이 시작되고 있었다.

'이제 난 어떻게 되는 걸까? 진짜 인신매매라도 당하는 거면 어떡하지……..'

두려움에 입술을 덜덜 떠는 최미영의 모습은 안쓰럽기 그지없었다.

하지만 그녀 앞에 다가온 사람은 다짜고짜 뺨을 후려쳤다.

짜악!

갑작스런 통증에 최미영이 눈을 번쩍 떴다.

어쩔 수 없이 눈을 떠 버린 그녀는 눈물을 글썽거렸다.

"누, 누구세요?"

"닥치고 묻는 말에나 똑바로 대답해라. 살고 싶으면."

잔뜩 무게를 잡으며 최미영을 노려본 사내는 바로 해운대파의 보스인 박종훈이었다.

암시장이 털린 뒤로 끈질기게 정단오의 뒤를 밟아 왔던 그가 마침내 최미영이라는 연결 고리를 찾아낸 것이다.

"최미영. 국과수 부검의. 맞으면 맞다고, 아니면 아니라고 해라."

"마, 맞아요."

"제법 반반하게 생겼군."

박종훈은 말을 하다 말고 음흉한 눈길로 최미영의 몸을 훑어봤다.

그의 끈적끈적한 시선은 최미영에게 어떤 협박보다 더 무섭게 작용하였다.

"대체 왜 이러시는 거예요? 제발 풀어 주세요. 신고도 하지 않을게요. 제발."

"대답만 잘해. 그럼 곱게 풀어 줄 테니까."

뚜벅.

박종훈은 말을 하면서 최미영 쪽으로 한 걸음 다가섰다.

곧이어 그가 손을 뻗어 그녀의 얼굴을 쓰다듬었다.

"잘 알지? 말을 제대로 못하면 어떻게 될지?"

"마, 말할게요. 뭐든 말할게요!"

국과수 부검의라고 해도 이런 상황에서는 연약한 여자일 뿐이었다.

그녀는 머리끝까지 소름이 돋는 걸 느끼며 무엇이든 털어놓겠다고 작심했다.

짐승 같은 놈들에게 당하지 않고 여길 벗어날 수 있다면 못할 말이 없었다.

"좋아, 좋아. 우선 한 가지부터 확인해야겠다."

고분고분해진 최미영을 보며 흐뭇하게 웃은 박종훈은 천천히 심문을 시작했다.

"김지훈이란 놈의 죽음에 대해 발설한 적이 있겠지?"

"그, 그건…….'"

망설이는 최미영의 표정이 모든 것을 말해 줬다.

박종훈은 득의만만한 얼굴로 그녀를 몰아붙였다.

"똑바로 말하는 게 좋을 거야. 응?"

"……있어요."

"바로 그 이야기를 해 보자고. 누구한테 어떤 식으로 이야기를 했지?"

"남자 한 명, 여자 한 명이었는데 형사들이었어요. 김지훈 씨를 부검하는 과정에서 수상한 점이 없었냐고 물었구요."

"그래서?"

"그래서…… 부검을 하며 발견한 것을 말해 줬고, 그게 검찰에서 기각당한 사실도 알려 줬어요."

"그게 전부일 리는 없을 텐데?"

"제가 한 건 거기까지예요. 부검 파일 위치를 알려 줬지만, 그 뒤로 어떻게 됐는지는 몰라요. 정말이에요."

"큭큭, 술술 부는군."

고개를 까닥거리며 건들거린 박종훈은 마음속으로 환호성을 질렀다. 암시장을 털고 자신을 궁지에 몰아붙인 원수를 드디어 찾아낸 것 같았다.

"이제부터가 본론이다. 그 형사라는 연놈들에 대해 아는 것을 모두 말해라."

"그, 그날 본 게 전부예요."

"생긴 꼬라지부터 목소리, 그 외에 모든 것을 남김없이 말 하란 말이다!"

부산 지역 최대 조폭의 보스답게 박종훈의 박력은 만만치 않았다.

완전히 기가 죽은 최미영은 세세한 것 하나까지 기억해 내려 애쓸 수밖에 없었다.

"여자는 어리고 귀여운 얼굴이었어요. 키도 꽤 컸고, 목소리도 밝았어요. 그리고 남자는…… 큰 키에 창백할 정도로 새하얀 피부를 가졌고, 어딘지 모르게 위압감이 느껴지는 사람이었죠. 나이는 그리 많지 않아 보였는데, 말투가 좀 특이했어요. 마치 옛날 사람이 어색하게 말을 하는 것 같기도 했구요."

"얼굴은 확실히 기억하겠지?"

"이목구비나 인상은……."

그렇게 한동안 정단오와 이지아의 인상착의에 대한 심문이 계속되었다.

다만, 최미영은 정단오의 왼 뺨에 새겨진 흉터에 대해서는 언급하지 않았다. 겁에 질렸어도 나쁜 사람으로 보이는 조폭들에게 가장 결정적인 카드는 숨긴 것이다. 어쩌면 국가의 녹을 먹는 법의학 검시관으로서 마지막 자존심이 본능적으로 발동된 것인지도 몰랐다.

어쨌든 원하는 것을 모두 알아낸 박종훈은 입맛을 다시

며 최미영을 다시 기절시켰다.

"이년을 다시 집에 데려 놔라."

"이대로 그냥 보내도 되겠습니까?"

"아깝긴 해도 지금 여자나 먹고 있을 때가 아니다. 어차피 잔뜩 쫄았으니 신고 같은 건 생각도 못 할 거다. 경찰에 알려 봤자 소용도 없을 거고."

"알겠습니다, 형님."

"그리고 이년 근처를 몰래 맴돌면서 잘 지켜봐. 또다시 그놈과 접촉할지도 모르니까."

"명심하겠습니다."

명령을 받은 박종훈의 부하들은 의자에 묶인 최미영을 통째로 들고 사라졌다.

부하들이 밖으로 나가는 것을 확인한 박종훈은 주머니에서 핸드폰을 꺼냈다.

이윽고 그가 단축 번호를 눌렀다.

띠이아—

얼마간 통화 연결음이 울리고, 그 뒤로 남자의 목소리가 박종훈을 맞이했다.

"박 시장?"

"네, 실장님. 접니다."

통화를 하는 박종훈의 태도는 무척이나 공손했다.

최미영이나 부하들을 상대하던 것과는 완전히 딴판이었다.

그도 그럴 것이, 핸드폰 너머 상대가 오성 그룹의 후계자이자 기획실장인 이정철이기 때문이었다.

"아무 소득도 없이 전화를 걸진 않았겠지?"

"물론입니다. 실장님께서 만족하실 만한 사실을 알아냈습니다."

"말해 봐."

"암시장을 건드린 놈과 유명환 의원을 병신으로 만든 놈이 동일인 같다고 하셨지 않습니까?"

"그렇게 말했지. 암시장과 유 의원 사건의 현장이 거의 비슷했어."

"머지않아 그놈의 덜미를 잡아낼 수 있을 것 같습니다."

통화를 이어 가는 박종훈의 눈은 복수심으로 가득 차 있었다.

아마 이정철의 눈도 살기로 번들거리고 있을 것이다.

오성 그룹과 해운대파.

암중에서 움직이던 그들이 반격의 이빨을 드러내려 하고 있었다.

11장
코드 레드(Code Red)

정단오와 이지아는 부암동에서 처음 만난 날부터 쉬지 않고 움직여 왔다.

부산에서 서울을 오가며 거침없이 사건을 파헤쳐 온 것이다.

그렇듯 치열하게 활동했기에 지금의 휴식은 정말 꿀맛같이 느껴질 수밖에 없었다.

특히 이지아로서는 실로 오랜만에 누리는 여유였다.

그러나 둘이 쉬는 동안에도 김상현은 전보다 더 바쁘게 돌아다녀야 했다.

유명환이 오성 그룹 기획실의 누구와 접촉했는지 알아내야 했기 때문이다.

어쨌거나 그것은 김상현의 일이었고, 정단오와 이지아

는 펜트하우스 거실에서 TV를 보며 망중한(忙中閑)을 즐기고 있었다.

"KBS 오후 뉴스, 첫 번째 소식입니다. 유명환 의원의 측근에 따르면 정계 은퇴가 확실시되고 있습니다. 여당의 실세로 군림하던 유 의원은 갑작스런 지병 악화로 요양에 들어갔습니다. 칩거나 다름없는 요양 소식은 정계에 큰 충격을 남겼고, 향후 청와대의 국정 운영에도 차질이 있을 것 같습니다."

말쑥한 차림의 아나운서가 며칠 전부터 이슈였던 유명환의 은퇴 소식을 전하고 있었다.

정단오에 의해 치매 환자가 돼 버린 유명환은 남은 인생을 요양원 독방에서 보낼 수밖에 없었다.

죽음보다 더한 삶을 징벌로 받은 것이다.

하지만 세간에는 지병 악화로 정계를 은퇴한다고 알려졌다.

정치권과 언론에서 최대한 포장을 하여 명예를 지켜 준 셈이었다.

삐익.

정단오는 유명환과 관련된 뉴스를 들은 뒤 채널을 돌렸다.

불쾌한 소식이 대부분인 뉴스를 계속 들으면 쓸데없는 스트레스만 받을 것 같았다.

나는요, 그대가 좋은걸~

바뀐 채널에서는 음악 방송이 한창이었다.

넓은 벽걸이 TV 화면에서 짧은 치마를 입은 여자 가수
가 노래를 부르고 있었다.

아직 고등학생 정도로 보이는 여가수는 나이답지 않게
뛰어난 가창력을 선보였다. 귀엽고 앳된 얼굴만 보고 여
타의 아이돌과 비교하기엔 훨씬 대단한 실력이었다.

"어때요, 단오 씨?"

"뭐가 어떻단 말인가."

"지금 TV에 나오는 가수 말이에요. 요새 국민 여동생
이라 불리는 미유인데, 엄청 예쁘고 잘하죠?"

"그런 것 같군."

"무덤덤하네요. 보통 남자들은 미유만 보면 좋아 죽으
려고 하는데."

"저 가수에게 호감을 갖고 있나?"

"뭐, 여동생 같기도 해서요. 잘은 모르지만, 엄청 어렵
게 자랐다고 들었거든요. 그러니까 왠지 정이 가는 거
죠."

이지아의 말을 들은 정단오는 유심히 화면을 쳐다보았
다.

확실히 미유의 무대에는 사람을 기분 좋게 만드는 생기
발랄함이 있었다.

그러나 TV 속 가수에게 필요 이상의 호감을 가질 필요
는 없었다.

정단오는 미유에게 더 이상의 관심을 두지 않았다.

그저 휴식을 취할 겸 소파에 비스듬히 기대 TV를 시청할 뿐이었다.

그렇게 화면은 계속 바뀌었고, 새롭게 등장하는 가수들의 노래도 끊이지 않고 이어졌다.

그때, 정단오의 방 안에서 벨 소리가 희미하게 들렸다.

TV의 음악 소리에 묻혔지만 정단오는 예민한 청각으로 핸드폰의 울림을 놓치지 않았다.

"김상현인가."

혼잣말을 하며 소파에서 일어선 정단오의 예상은 정확히 맞아 떨어졌다.

사실 김상현이 아니면 그에게 전화를 할 사람도 거의 없는 터였다.

딸칵.

"마스터!"

핸드폰에서 들려온 김상현의 목소리는 꽤나 다급하게 들렸다.

혹시 사고라도 터진 것일까?

정단오는 불길한 예감을 느끼며 입을 열었다.

"무슨 일이지?"

"예상하지 못했던 일이 생겼습니다."

"오성 그룹 기획실의 정보를 캐낸 건가?"

"아닙니다. 그 일은 아직 진행 중이고, 생각지도 못했던 다른 사실을 알게 됐습니다."

"짐작이 안 되는군."

"기존 정보에 없던 새로운 독립유공자를 발견했습니다. 물론 아티팩트도 소유하고 있는 사람입니다."

"……!"

정단오는 잠시 할 말을 잃었다.

자신과 김상현의 정보망에 없던 독립유공자가 있다니. 더구나 그 사람이 아티팩트를 소유하고 있다니.

이건 심각한 문제였다.

만약 정체불명의 범인이 그 사람을 노렸다면 아무 대책 없이 당할 수도 있었다.

"그 사람이 누군가?"

"그게…… 좀 특이한 직업을 가진 사람입니다."

"뜸 들이지 말고 말해라."

"네, 마스터. 혹시 가수 미유라고 아십니까?"

"미유?"

우연치고는 너무 공교로운 일이었다.

방금 전 TV에 나왔던 인기가수 미유가 아티팩트를 가진 독립유공자란 말인가.

정단오의 심정을 읽었는지 김상현이 설명을 계속했다.

"원래 인터뷰에서 늘 집안이 어려웠다고 말한 모양입니다. 한데 알고 보니 그게 독립군의 후손이라 그랬던 거지요."

"그 사실이 알려지지 않은 이유는?"

"기획사에서 밝히길 꺼려했던 모양입니다. 독립군의 후손이란 게 알려지면 일본 진출에 마이너스가 되니까요. 명실공히 한류의 시대 아니겠습니까."

"복잡하군. 그렇다면 그녀가 가지고 있는 아티팩트는 뭐지?"

"어떤 촬영을 해도 늘 착용하고 있는 귀걸이가 있습니다. 한때 화제가 되기도 했는데, 듣기로는 할머니의 유품이라고 하더군요."

"귀걸이라면…… 설마?"

"네. 푸른 소라인 것 같습니다."

푸른 소라.

그토록 신비로운 이름을 가진 귀걸이는 소재가 불분명해진 아티팩트 중 하나였다.

그것을 물려받은 주인이 매일 TV에 나오는 연예인이라니, 과연 세상은 참 넓고도 좁았다.

"지금 당장 그녀를 보호 리스트에 올려라."

"이미 지시해 놓았습니다."

"고생했다."

"당장은 지켜보기만 하면 되겠습니까? 아티팩트를 소유한 사람이니 어떤 식으로든 접촉을 해야 할 것 같습니다만."

"우선 보호하는 것에만 신경을 쓰는 게 좋겠다. 오성 그룹 기획실을 파헤치는 일이 급하니까."

"분부대로 하겠습니다."

"또 연락하지."

"넵."

통화를 마친 정단오는 묘한 표정을 지었다.

독립유공자와 인기 연예인이라는 직업이 언뜻 어울리지 않는다고 생각했기 때문이다.

하지만 독립군의 후손이라고 모두 가난하게 살란 법은 없었다. 그중에서 미유처럼 큰 성공을 이룬 사람도 있는 게 당연했다.

'이제라도 미유에 대해 파악했으니 다행이다. 아티팩트를 노리는 놈들도 유명 연예인을 섣불리 건드리진 않겠지.'

생각을 정리한 정단오는 핸드폰을 내려놓고 다시 거실로 나왔다.

그러자 이지아가 궁금증이 가득한 얼굴로 질문을 던졌다.

"무슨 일이에요?"

"새로운 독립유공자가 나타났다는군. 더군다나 아티팩트를 소유한 채로."

"정말요? 단오 씨가 모르던 사람도 있었군요."

"나라고 모든 것을 알 순 없는 법이다."

"흐응."

이지아는 꽤나 흥미를 느끼는 모양이었다.

호기심으로는 누구에게도 뒤지지 않는 그녀가 분홍빛

입술을 달싹였다.

"그 사람이 누구예요? 하긴, 말해 줘도 모르겠지만 괜히 궁금하네요."

"말하면 단번에 알 사람이다."

"네? 그럼 유명인이라는 말이잖아요."

"미유."

"갑자기 미유가 왜요? 아까 TV에서 봤…… 잠깐, 설마 그 독립유공자가 미유인 건 아니죠?"

"왜 아니겠나."

"와아ㅡ! 진짜 대박이네요, 대박!"

"그렇게 흥분할 일인가?"

"신기하잖아요. 연예인이 나랑 같은 독립유공자라니. 게다가 아티팩트도 갖고 있으면 이런 일에 휘말릴 수도 있는 거 아니에요?"

"아무리 아티팩트가 탐나도 연예인을 건드릴 가능성은 희박하다. 그랬다간 세상의 이목이 집중될 테니까."

"아무튼 기분이 이상하네요. 근데 미유가 가진 아티팩트는 뭐예요?"

"귀걸이다."

"이름은요? 제 목걸이는 주시자의 눈이라고 불리잖아요."

"푸른 소라."

"푸른 소라? 이름도 예쁘네. 한 번 찾아봐야지."

이지아는 곧바로 컴퓨터 앞에 앉았다. 유튜브에서 미유의 동영상을 검색할 생각인 것 같았다.

정단오도 그녀의 뒤에 서서 유심히 모니터를 지켜보았다.

타다닥—

이지아가 유튜브 검색창에 미유를 입력하자 수많은 동영상이 나열되었다.

"이게 좋겠네요."

그녀는 미유의 단독 인터뷰 영상을 클릭했다.

곧이어 영상이 재생되며 미유의 얼굴이 클로즈업되었다.

"찾았다! 이거 맞죠?"

"진짜 푸른 소라를 착용하고 있군."

이지아와 정단오는 미유의 왼쪽 귀에 붙어 있는 파란색 귀걸이를 확인했다.

평범한 큐빅 귀걸이로 보이지만 사실은 아티팩트인 것이다.

"이건 어떤 능력을 지닌 아티팩트예요?"

"레이더다."

"레이더(Radar)요?"

"일정한 거리 안에 접근해 있는 능력자들을 감지하는 아티팩트다."

"생각보다 대단한 물건이네요. 미유가 저 귀걸이를 다

룰 수 있을까요?"

"저렇게 활동하는 걸 보면 자신의 귀걸이가 아티팩트인지도 모르고 있겠지. 너처럼 각성하지 못한 능력자일 수도 있고."

"들으면 들을수록 신기해지네요. 잘하면 미유를 직접 만날 수도 있을까요? 연예인은 한 번도 본 적이 없는데."

"글쎄. 특별한 일이 일어나지 않는 한 볼 일은 없을 것 같다만."

"에이."

정단오의 말에 이지아가 실망한 기색을 보였다.

하지만 그녀는 여전히 눈을 반짝이며 미유의 동영상을 주시했다.

어쩌면 아티팩트를 가진 사람이 자기 혼자가 아니라는 사실에서 안도감을 얻는 것인지도 모른다.

정단오는 그런 이지아를 쳐다본 뒤 고개를 돌렸다.

'지켜야 할 사람이 점점 많아지는군.'

어깨가 무거워진 것을 느껴서일까?

창밖으로 푸른 하늘을 바라보는 정단오의 눈빛이 깊게 가라앉아 있었다.

미유의 소식을 알게 된 것도 며칠 전의 일이다.

그사이 별다른 일은 일어나지 않았고, 김상현은 여전히

오성 그룹 기획실을 조사하는 중이었다.

정단오와 이지아는 김상현의 정보 수집이 끝나기만을 기다렸다.

그러나 마냥 시간을 죽이지만은 아니었다.

이지아는 하루의 대부분을 능력 개발에 투자했고, 정단오는 쇠를 담금질하듯 몸의 컨디션을 최상의 상태로 만들었다.

김상현이 일을 마치면 언제라도 움직일 수 있도록 만반의 준비를 하는 것이다.

하지만 오성 그룹 기획실을 조사하는 일은 만만하지 않았다. 이 분야에서 날고 기는 김상현도 애를 먹고 있었다.

오성 그룹 안에서도 가장 철저한 보안력을 갖춘 곳이 기획실이다. 그래서인지 꽤 시간이 걸릴 것 같았다.

그렇게 시간이 흘러가는 동안 정단오는 기대하지 않은 곳에서 뜻밖의 연락을 받았다.

선비촌의 능력자가 예상보다 빨리 접선 신호를 보낸 것이다.

"설마 벌써 범인을 찾았다는 걸까요?"

"적어도 단서는 잡았으니 연락을 했겠지."

정단오와 함께 펜트하우스를 나선 이지아는 의문을 감추지 못했다.

사실 정단오도 궁금하긴 마찬가지였다. 강원도 선비촌

과 협력 관계를 맺은 지 얼마 되지도 않았는데 벌써 연락이 왔기 때문이다.

그러나 일단은 약속된 접선 장소에서 선비촌 능력자를 만나 봐야 한다. 그가 정말 김지훈을 죽인 범인을 알아냈을지도 모르는 일이었다.

"가회동이라고 했죠?"

"그 동네에 조용한 전통 찻집이 많다는군. 선비촌 사람을 만나기엔 최적의 장소다."

"얼른 가요."

대화를 마친 둘은 펜트하우스 전용 주차장에 세워져 있던 레인지로버에 올라탔다.

검은색 레인지로버는 언제나처럼 묵직한 소리를 내며 움직였다.

부우웅—

강남의 대로는 꽉 막혀 있었다.

그러나 한강을 건너자 도로 사정이 한결 여유로워졌다.

네비게이션이 알려 주는 대로 차를 몰자 금방 가회동에 다다를 수 있었다.

정단오는 운현궁 길을 지나서 곧장 가회동으로 진입했다.

약속된 접선 장소는 가회동 안의 북촌 한옥 마을이었다.

거리 한쪽에 차를 세운 정단오는 서울 도심에서 찾아보기 힘든 한옥들 사이를 거닐었다.

"찻집 이름이 뭐였죠?"

"문사헌(文士軒)이다."

"이름도 고풍스럽네요."

이지아는 한옥 마을 여기저기를 둘러보며 문사헌이라는 이름의 찻집을 찾았다.

북촌을 걷다 보면 목적을 잊고 한옥의 정취에 빠져들기 마련이다. 시간을 거스르며 과거의 모습을 유지한 북촌 한옥 마을은 그만큼 아름다웠다.

이지아도 어느새 찻집을 찾는 것보다 한옥 마을을 구경하는 데 집중하고 있었다.

그때, 정단오가 손가락을 들어 한곳을 가리켰다.

"찾았다."

"아!"

고개를 돌린 이지아의 눈에 '文士軒'이라고 새겨진 현판이 보였다.

둘은 문사헌의 정문을 지나 아담하게 가꿔진 정원을 가로질렀다. 그러고는 기와집 안으로 들어가는 입구에서 신발을 벗었다.

"어서 오세요."

"네, 네. 안녕하세요."

개량 한복을 입은 여주인이 둘을 반겼다.

이지아는 이런 분위기가 신기한 듯 말을 더듬었다. 하지만 정단오는 아무렇지 않게 여주인을 지나쳐 내부로 들어갔다.

그의 시선은 구석에 앉아 있는 남자에게 고정돼 있었다.

여주인처럼 개량 한복을 입은 채 길게 기른 머리를 틀어 올린 남자는 딱 봐도 선비촌 사람이 분명했다.

2011년에 저런 복장을 하고 돌아다닐 사람이 또 누가 있겠는가.

저렇게 튀는 사람이 원로회의 이목을 피해 은밀히 활동할 수 있다는 사실이 신기할 뿐이었다.

"오셨소."

"선비촌 입구를 막아섰던 자로군."

"그렇소이다."

찻집에 앉아 있는 능력자와 정단오는 구면이었다.

강원도 선비촌의 입구를 지키던, 그리고 정단오와 이지아를 촌장에게 안내했던 사람이 바로 그였기 때문이다.

마주 보고 자리를 잡은 세 사람은 잠시 눈빛으로 서로를 탐색했다.

어색한 침묵을 깨트린 것은 다름 아닌 찻집 여주인이었다.

"어떤 차를 내드릴까요?"

그녀의 물음에 이지아와 정단오가 차례로 대답했다.

"국화차로 주세요."

"매실차."

주문을 받은 여주인이 물러가고, 그제야 선비촌 사람과 정단오 사이에 정식으로 통성명이 이뤄졌다.

"흠흠, 나는 유한승이오."

"정단오다. 이쪽은 이지아이고."

"그럼 바로 본론을 꺼내겠소이다."

"바라던 바다."

"김지훈을 죽인 능력자가 누구인지 알아냈소. 그렇기에 오늘 자리를 청한 것이오."

"예상보다 빨리 알아냈군."

"선비촌이 오랜 세월 은거해 있지만, 아직도 유림을 따르는 이들은 세상 곳곳에 퍼져 있소. 우리의 힘을 얕잡아 보지 마시오."

"얕잡아 봤다면 부탁을 했겠나? 그저 놀랐을 뿐이다."

정단오와 유한승 사이의 분위기가 다소 경색되었다.

서로 협력을 약속한 관계이지만 미묘한 알력이 남아 있기 때문이다.

때마침 여주인이 차를 들고 나타났다.

"국화차, 매실차 나왔습니다."

달그락.

찻잔에서 모락모락 피어오르는 수증기를 뚫고 날카로운 시선이 엇갈렸다.

침묵 끝에 먼저 입을 연 쪽은 이번에도 유한승이었다.

"결론부터 말하자면, 범인은 오동수라고 하오. 그런 식으로 청부를 해 주는 용병이라 하더이다."

"오동수라······ 오동수. 원로회에 속한 인물은 아닌가?"

"관련이 없어 보이오. 용병으로 활동하는 일 자체가 원로회의 룰을 위반한 것이니."

"그래 놓고 뒤로는 무슨 짓을 벌일지 알 수 없다."

냉소적인 말을 내뱉은 정단오는 턱을 괴고 생각에 잠겼다. 이지아와 유한승은 그가 다시 입을 열 때까지 기다려주었다.

다행히 정단오는 그리 오래지 않아 유한승에게 다른 질문을 던졌다.

"오동수의 소재는 파악했나?"

"서울에 있는 것은 확실하오. 다음 번 접선 시에는 직접 붙잡아서 데려오도록 하겠소."

"그밖에 다른 정보는?"

"우선 오동수에 대해 간략히 말하자면, 이놈은 전문 청부업자요. 납치, 협박, 청부 살인 등 능력자로서 할 수 있는 최악의 짓거리만 골라서 하는 인간이오."

"그런 놈을 원로회가 가만히 놔둔다는 게 신기하군."

"워낙 교묘한 놈이라 이쪽 세계에서도 악명이 높았소. 김지훈을 감쪽같이 죽인 것처럼 타고난 능력도 뛰어난지라······."

"그놈이 또 무슨 짓을 저지를지 모른다. 정체를 알아냈으니 최대한 빨리 잡아내도록."

"당연한 말 아니겠소."

유한승은 자신 있다는 얼굴로 대답했다.

어쨌거나 이만큼 짧은 시간 안에 오동수의 정체를 밝힌 것도 대단한 일이었다.

확실히 선비촌과 손을 잡은 건 현명한 선택이었다.

정단오는 그에게 고개를 끄덕여 준 뒤 자리에서 일어났다.

오랜 시간 자리를 같이하면 은밀하게 움직여야 하는 유한승에게 방해가 될 것이기 때문이다.

그래서인지 유한승도 일어나는 정단오와 이지아를 붙잡지 않았다.

그저 간단한 목례로 인사를 대신할 뿐이었다.

"국화차 맛있었는데, 아까워요."

이지아는 찻잔에 아쉬운 눈길을 보내며 정단오를 따라나섰다.

한데 그때, 정단오의 주머니에서 진동이 울렸다.

찻집 밖으로 나가려던 정단오는 잠시 멈춰 서서 핸드폰을 확인했다.

늘 전화가 오던 것과 달리 문자 메시지가 도착했기 때문이다.

코드 레드(Code Red), 여의도.

김상현으로부터 온 문자를 확인한 정단오의 표정이 딱 딱하게 굳었다.

코드 레드라면 보호하고 있던 독립유공자에게 문제가 생겼다는 뜻이다. 그 뒤의 여의도는 문제가 생긴 장소를 말하는 것이었다.

'여의도 쪽에 있을 보호 대상이라면⋯⋯.'

정단오는 순식간에 누가 위험에 빠졌는지 알아챌 수 있 었다. 그러고는 급히 밖으로 뛰어나갔다.

그의 갑작스런 행동에 유한승과 이지아는 당황할 수밖 에 없었다.

"그럼 다음에 뵐게요."

뭔가 일이 터졌음을 직감한 이지아는 유한승에게 인사 를 건네고 바로 정단오를 뒤쫓았다.

정단오는 이미 차에 올라타 시동을 걸고 있었다.

철컥.

"무슨 일이에요?"

헐레벌떡 조수석에 앉은 이지아가 질문을 던졌다. 그러 나 정단오는 대답보다 먼저 엑셀을 밟았다.

일단 조금이라도 빨리 이동을 하는 게 우선이기 때문이 었다.

띠이아— 띠이이아—

한 손으로 핸들을 잡은 정단오가 김상현에게 전화를 걸었다. 하지만 통화는 연결되지 않았다.

아마 김상현도 나름대로 급하게 움직이는 중이라 그런 것 같았다.

"심각한 일이에요?"

자동차의 속도가 점점 높아질 무렵, 다시 한 번 이지아의 물음이 들려왔다.

정단오는 그제야 이지아를 바라보며 상황을 말해 줬다.

"코드 레드다."

"누가 위험해진 건가요?"

"라디오 뉴스를 틀어 봐라."

이지아는 영문을 알기 힘들었지만 순순히 라디오를 틀었다. 그런데 주파수를 뉴스 채널에 맞추자마자 기다렸다는 듯이 긴급 속보가 전해졌다.

"청취자 여러분, 연예 속보입니다. 인기 여가수 미유가 방송 녹화를 펑크 내고 잠적했습니다. 아직 미성년자인 미유는 소속사, 가족과도 연락을 끊고 일방적으로 스케줄을 취소했다고 합니다. 일각에서는 그간의 과도한 스케줄로 인해 그녀의 피로가 극에 달했음을 이유로 내세우고 있으며……."

흥분한 기자의 목소리가 차 안을 가득 채웠다.

이지아는 창백해진 얼굴로 정단오를 바라볼 뿐이었다.

"설마 그 사람들이……?"

"맞다. 여의도 쪽의 코드 레드라면 그녀밖에 없다."

"하지만 연예인을 건드릴 가능성은 낮다고 했잖아요?"

"나도 놈들이 무슨 생각을 하는지 모르겠다. 아예 막 나가자는 건지……. 어쩌면 오동수, 그놈이 움직인 걸지도 모르겠군."

부와아앙—!

말을 마친 정단오는 있는 힘껏 엑셀을 밟았다.

여의도로 달려가는 그의 눈빛은 이글이글 불타오르고 있었다.

*　　*　　*

"얌전히 있으라고. 흐흐흐."

운전대를 잡은 오동수는 뒷좌석에 쓰러진 미유를 보며 불쾌한 웃음을 흘렸다.

이렇게 가까이서 보니 그녀가 왜 인기 연예인인지 알 수 있을 것 같았다.

하얀 피부에 작은 얼굴, 앙증맞은 이목구비는 오동수의 심장을 흥분시키기에 충분했다.

그러나 아직은 그녀를 탐할 때가 아니었다.

일단 안전한 곳으로 벗어나서 아티팩트를 빼앗는 게 먼저였다.

오동수는 쓰러진 미유의 귓가에서 빛을 반짝이고 있는 귀걸이, 푸른 소라를 유심히 보았다.

'저것만 수거하면 그 뒤는 마음대로 해도 좋다고 했으니까……. 아, 못 참겠다. 연예인이니까 동영상이라도 찍어 놓으면 쏠쏠하겠지. 크흐흐!'

음흉한 생각을 하는 오동수의 눈동자에는 더러운 욕망의 그림자가 떠 있었다.

지금으로선 그를 막을 사람이 없었다.

죽은 듯이 쓰러져 있는 미유에겐 구원의 손길이 절실했다.

너무 늦기 전에 오동수를 막을 수 있을지. 이제부터는 일 초, 일 초가 소중한 시간 싸움이었다.

「집행자 2권 계속……」

집행자

1판 1쇄 찍음 2014년 6월 11일
1판 1쇄 펴냄 2014년 6월 16일

지은이 | 묘 재
펴낸이 | 정 필
펴낸곳 | 도서출판 **뿔미디어**

편집장 | 이재권
기획 · 편집 | 윤영상

출판등록 | 2002년 9월 11일 (제081-1-132호)
주소 | 경기도 부천시 원미구 상동로 117번길 49(상동) 503호 (우)420-861
전화 | (032)651-6513 / 팩스 032)651-6094
E-mail | bbulmedia@hanmail.net
홈페이지 | http:/bbulmedia.com

값 8,000원

ISBN 979-11-315-1989-9 04810
ISBN 979-11-315-1988-2 04810 (세트)

www.bbulmedia.com